ELES ERAM MUITOS CAVALOS

LUIZ RUFFATO

Eles eram muitos cavalos

11ª edição, revista, definitiva

7ª reimpressão

Companhia Das Letras

Grafia atualizada segundo o Acordo Ortográfico da Língua Portuguesa de 1990, que entrou em vigor no Brasil em 2009.

Capa
KIKO FARKAS E ROMAN ATAMANCZUK/ MÁQUINA ESTÚDIO

Revisão
MARINA NOGUEIRA
LUCIANA BARALDI

Os personagens e as situações desta obra são reais apenas no universo da ficção; não se referem a pessoas e fatos concretos, e não emitem opinião sobre eles.

Dados Internacionais de Catalogação na Publicação (CIP)
(Câmara Brasileira do Livro, SP, Brasil)

Ruffato, Luiz
Eles eram muitos cavalos / Luiz Ruffato. — 11ª ed. — São Paulo: Companhia das Letras, 2013.

ISBN 978-85-359-2321-6

1. Ficção brasileira I. Título.

13-08281 CDD-869.93

Índice para catálogo sistemático:
1. Ficção : Literatura brasileira 869.93

[2025]

EDITORA SCHWARCZ S.A.
Rua Bandeira Paulista, 702, cj. 32
04532-002 — São Paulo — SP
Telefone: (11) 3707-3500
www.companhiadasletras.com.br
www.blogdacompanhia.com.br
facebook.com/companhiadasletras
instagram.com/companhiadasletras
twitter.com/cialetras

Para Cecília

Eles eram muitos cavalos,
mas ninguém mais sabe os seus nomes,
sua pelagem, sua origem...

Cecília Meireles

ELES ERAM MUITOS CAVALOS

Até quando julgareis injustamente,
sustentando a causa dos ímpios?

Salmo 82

1. Cabeçalho

São Paulo, 9 de maio de 2000.
Terça-feira.

2. O tempo

Hoje, na Capital, o céu estará variando de nublado a parcialmente nublado.

Temperatura – Mínima: 14°; Máxima: 23°.

Qualidade do ar oscilando de regular a boa.

O sol nasce às 6h42 e se põe às 17h27.

A lua é crescente.

3. Hagiologia

Santa Catarina de Bolonha, nascida em Ferrara, na Itália, em 1413, foi abadessa de um mosteiro em Bolonha. No Natal de 1456, recebeu o Menino Jesus das mãos de Nossa Senhora. Dedicou sua vida à assistência aos necessitados e tinha, como única preocupação, cumprir a vontade de Deus. Morreu em 1463.

4. A caminho

O Neon vaga veloz por sobre o asfalto irregular, ignorando ressaltos, lombadas, regos, buracos, saliências, costelas, seixos, negra nesga na noite negra, aprisionada, a música hipnótica, tum-tum tum-tum, rege o tronco que trança, tum-tum tum-tum, sensuais as mãos deslizam no couro do volante, tum-tum tum-tum, o corpo, o carro, avançam, abduzem as luzes que luzem à esquerda à direita, um anel comprado na Portobello Road, satélite no dedo médio direito, tum-tum tum-tum, o bólido zune na direção do aeroporto de Cumbica, ao contrário cruzam faróis de ônibus que convergem de toda parte,

mais neguim pra se foder

um metro e setenta e dois centímetros *está no certificado de alistamento militar* calça e camisa Giorgio Armani, perfume Polo borrifado no pescoço, sapatos italianos, escanhoado, cabelo à-máquina-dois, Rolex de ouro sob o tapete,

mais neguim pra se foder

ela deve estar chegando, uma dessas estrelas que sobrevoam a estrada, a mulher, o patrão

compromisso inadiável em brasília expliquei pra

sim, claro, ele o trata como

filho que gostaria de ter tido

sim, claro, o filho *um babaca* o cocainômano passeia sua arrogância pelas salas da corretora,

sim, claro, o filho *um babaca* o cocainômano desfila seus esteroides por mesas de boates e barzinhos — que já quebrou —, por rostos de leões-de-chácara e de garotas de programa — que já quebrou —, por máquinas de escrever de delegacias — que também já

sim mas é meu filho

e suborna a polícia,

o delegado,
o dono da boate,
as garotas de programa,
os leões-de-chácara,

sim mas é meu filho

sim, claro, a filha mora no Embu, macrobiótica, artista plástica esotérica, os quadros sempre os mesmos

quem não tem olhos pra ver
riscos vermelhos, histéricos, espasmódicos, grossos, finos, fundo branco
não tem olhos pra ver
uma vez comeu ela *horrível* no estúdio entre pincéis e latas de tinta sobre uma mesa onde jazia esticada uma imensa tela em branco
isso é arte
ela cheiro de incenso
maconha é natural
nua sob a bata indiana, restos de sêmen na superfície branca
isso é arte
mais neguim pra se foder
amuou num canto *arrependida?* não passa de um
empregadinho
sim, mas o pai me adora
um profissional competente
porque ganho dinheiro pra ele na bolsa
um apartamento enorme em moema um por andar três suítes *contratei um desses veados dinheiro não é problema ele montou um circo o mulherio estranha aí eu falo a decoração é do fulano elas têm orgasmo*
sim, competente:
há seis anos escorria sua pálida magreza pelas poucas sombras das ruas tristes de muriaé cidade triste
há cinco anos vestia-se com as primeiras neves de fairfield ohio graças a uma bolsa do american fields ganha em concurso promovido pela loja do rotary club de muriaé cidade triste
há quatro anos arranhava suas incertezas no citibank
suas certezas no citibank
há dois anos ganha dinheiro pro
o velho não vai deixar porra nenhuma pra mim
há um ano cuida do caixa-dois da corretora
vai ficar tudo pros
ela desembarca london-gatwick um anel adquirido na portobello road na palma da mão
é seu
londres como estava?
tum-tum tum-tum tum-tum tum-tum

5. De cor

Vêm os três, em fila, pela trilha esticada à margem da rodovia. A escuridão dissolve seus corpos, entrevistos na escassa luz dos faróis dos caminhões, dos ônibus e dos carros que adivinha a madrugada. Caminham, o mato alto e seco roça as pernas de suas calças.

São pai e filho e um rapaz, conhecido-de-vista, que, encorajado, *Pode sim. Tem dez anos que vou a pé. É uma economia danada no fim do mês*, resolveu acompanhá-los.

O homem dirige empilhadeira numa transportadora no Limão.

O menino tem dez-onze anos, embora, franzino, aparente bem menos. Agora, largou a escola, vende cachorro-quente — com molho de tomate ou de maionese — e Coca-Cola em frente à firma onde o pai trabalha. À noite, guarda o carrinho no pátio da empresa, os vigias tomam conta. Quando crescer, perder-se Brasil afora, sonha, caminhoneiro.

O rapaz, desempregado, aceita qualquer empreitada, *O negócio tá feio!*

O menino vai à frente, o homem no meio, o rapaz atrás.

— Esse aí ó, vale ouro, diz, orgulhoso, o pai, tentando adivinhar a feição do companheiro que ofega asmático às suas costas, pés farejadores. É de uma inteligência! Quer ver?

Vira-se, mira o letreiro do ônibus que passa velozmente, "Garanhuns", fala.

— Pernambuco, o menino replica, automaticamente.

O rapaz desdenha, "É isso?"

— Ele sabe onde ficam todas as cidades do Brasil, o pai argumenta. Tem um mapa na cabeça, o peste.

— Todas?

— Todas!

O conhecido-de-vista então para, vira-se, mira o letreiro do ônibus que passa velozmente, *Merda!*, não consegue ler, *Muito rápido... Merda!* Envergonhado, pensa, *Alagoinhas*, o nome de sua cidade, "Alagoinhas", *Essa, esse não acerta.*

— Bahia, o menino responde, displicente.

— É Bahia?, o pai indaga, pressuroso.

— É, o rapaz acede, contrariado.

Sem olhar para trás, aguarda outro ônibus que passa velozmente, "Itaberaba", nome da cidade da mulher, *Agora não é...* "Bahia, também", *O reliento acertou! Desgramado!*

— Num falei?

— Onde é que esse raio aprendeu essas coisas?

— Sei não...

— Ele não é de falar não, né? Ô menino! Ô!

— É... Ele é mei caladão... Asselvajado...

Envaidecido, vira-se, mira o letreiro do ônibus que passa velozmente, "Governador Valadares".

— Minas Gerais.

— Impressionante!, o rapaz conforma-se.

Caminham, o mato alto e seco pinica seus braços.

— Já pensou levar ele na televisão?

— Heim?

— É... naqueles programas que as pessoas vão responder as coisas...

— Televisão?

Televisão...

— Dá dinheiro, né?

— Ô, se!

O homem busca o filho que marcha à frente escondido dentro de uma jaqueta puída, dois números acima do seu tamanho

os ônibus os caminhões os carros as luzes São Paulo

Televisão...

6. Mãe

A velha, esbugalhada, tenaz grudada na poltrona número 3 da linha Garanhuns-São Paulo, não dorme, quarenta e oito horas já, suspensa, a velocidade do ônibus, *Meu Deus, pra que tanta correria?*, a conversa do motorista com os colegas colhidos asfalto em-fora, *Meu Deus, ele não tá prestando atenção na estrada!*, devota, que a viagem termine logo, reza, nem ao banheiro pode, fica balangando sobrecabeças, e, alcançando o fedor do cubículo no rabo do corredor, nada adiantaria, embora a bexiga espremida, embora o intestino solto, *Meu Deus!*, só se alivia nas paradas, findo o sacolejo, *E agora?*, *Tá perto?*, **Paciência, vovó!**, **Ainda**

demora pouquinho ainda, o empesteado ar de janelas fechadas, vidros suados, no soalho, esparramados, papéis de bala, de bolacha, guardanapos, sacolas, palitos de picolé, copos descartáveis, garrafas plásticas, farelo de biscoito de polvilho, de pão, de broa, farinha, restos de comida, pé de sapatinho de crochê azul-menino, noitedia, *E gente inda consegue dormir, meu Deus, a bocona jacaroa, até ronca!, até baba!, comé que?*, embaralham-se distintas paisagens, cidades enoooormes, cidadezinha que, zum!, passou,

E

as cercas de arame farpado, as achas, o capim, o cupim, carcaças de boi, urubus, céu azul, cobras, seriemas, garrinchas, caga-sebos, fuscas, charretes, cavalos, bois, burros, bestas, botinas, brejos, beirais, bodes, bosta, baratas, bichos, bananeiras, bicicletas, arvrinhas, árvores, árvores, árvores,

o motor zunindo em-dentro do ouvido (zuuuummmm)

E

a caatinga, os campos, a cana, a corda, o corgo, o rio, o riacho, o riinho, o fio d'água, a água, o curtume, o couro, o chifre, a cabeça, a ferradura, a carne-de--sol, o sal, cachorros, colheres, facas, garfos, copos, pratos, a mão, os cheiros, as chaminés, os cachorros, a catinga

cuidado cuidado cuidado cuidado cuidado cuidado

a dor, as dores, as dádivas, a dor, as dores, as dores, edifícios, a chaminé, a fumaça, o cigarro, o fumo, a farinha, o feijão, o fogo, os fogos, o incêndio, as galinhas, as gentes, as traves do gol, os campos de futebol, jogadores, uniformes, cores quarando no varal, o chapéu, a bola, abelha, a bilha, os gatos, as galinhas, as janelas, os jipes, as jiboias, as janelas, as janelas, andarilhos, o medo, o mijo, os mortos, os montes, as montanhas, os mortos, os montes, as montanhas, os

E

o motor zunindo em-dentro do ouvido (zuuuummmm)

nuvens, noite, a noite-noite, a pá, o pé, a poeira, paragens, picadas, pedras pedras pedras, pontes, plantações, ratos, roupas, o sertão, a seca, o sol, o silêncio, o sumo, o sol o sol o sol o sol o sol, anzol, terra seca, urubus, umbus, urubus, as vargens, o verde, o cinza, as cinzas, e o cheiro de

cuidado cuidado cuidado cuidado cuidado cuidado

brancas vacas no verdor do pasto, sáfaras nuvens, roupa seca, carne-seca, terras, terras, terras, o vento, o dia verde-quente, a tarde azul-frienta, a noite de estrelas empoeiradas, o mundo, mundogrande, que não se acaba mais nunca, e **Ô vovó, já tamos quase** a bexiga estufada, dói a barriga, as costas, *Ai!*, as escadeiras, *Ui!*, as pernas, *Ai!*, *Ui!*, sem posição, **Alá, vovó, alá as luzes de São** o filho esperando *Tantos anos!* ganhar a vida em Sampaulo, no Brejo Velho *Duas vezes só, voltou, meu Deus*, e isso em solteiro, depois, apenas os retratos carreavam notícias, o emprego, a namorada-agora-esposa, eles dois, a casa descostelada, os netos, *e vamos então esperar a senhora para passar o Dia das Mães com a nossa família e todos vamos ficar muito felizes não preocupa não que eu vou buscar a senhora na rodoviária lembranças a todos do* a bexiga caxumbenta, o intestino goguento, como ler o olho do filho?, saber se é feliz no trabalho, no casamento, se, mas *Ai*, a bexiga, a barriga, as costas, *Ai!*, as escadeiras, *Ui!*, as pernas, *Ai!*, *Ui!*, sem posição

Na rodoviária, de pé, esfrega as mãos.

7. 66

A vibração do número de hoje estimula a realização dos aspectos materiais da vida

(mais dinheiro e prestígio)

pode contar com a ajuda de um amigo influente

pode receber uma promoção ou herança:

o momento é para ser prático

e objetivo.

8. Era um garoto

é um jesuscristinho ali assim deitado nem parece uma criança os longos cabelos louros cavanhaque antigos olhos castanhos um jesuscristinho estampa comprada num domingo de sol na feira da praça da república um garoto experimentando inconformado o vai-um das coisas um garoto formidável craque em matemática e física e química que manjava bem de português e cursava o advanced na cultura inglesa um menino maravilhoso músculos enformados no taekwondo um garoto adorável empurrando o carrinho de compras da mãe no pão de açúcar

achando graça da mania dela de demorar-se entre as gôndolas calculadora somando e subtraindo e multiplicando e dividindo até tropicar nos números e irritada não mais conferir preço peso data de validade e após empilhar tudo nos armários sentarem-se exaustos na sala para ver o jornal nacional equilibrando o prato com a sobra do almoço na palma das mãos os pés apoiados na mesa-de-centro e nesses momentos acreditava-se em sintonia com um algo superior em harmonia com as forças positivas do universo e até perdoava aquele que a abandonara uma criança por criar preciso de um tempo e o jesuscristinho encorpando a ausência da figura paterna será que isso vai causar algum problema na cabeça dele as apreensões receios não quero me meter meu filho mas esse rapaz esse rapaz não é uma boa companhia pra você meu filho ah a vulcânica adolescência e desdobrava-se findo o expediente no jornal em freelances em revistas para o menino frequentar os melhores ambientes queria legar isso pelo menos incompetente que fora para dar a ele um pai decente de vez em quando ligava como estão as coisas aí ah esse mês não vou poder depositar o dinheiro as coisas não estão indo bem mas no mês que vem sempre a lenga-lenga no dia do aniversário e aí campeão no natal e no ano-novo e aí campeão ano que vem vamos ver se a gente tira umas férias juntos heim e as notícias
ficou sócio numa assessoria de comunicação
estou pensando seriamente em tirar o passaporte italiano e ir trabalhar na comunidade europeia fazer qualquer coisa entende
casou-se de novo
virou pau-mandado na prefeitura as coisas que têm saído nos jornais tudo mentira sua mãe que é jornalista sabe é tudo sacanagem é sujeira dá nojo
separou-se e juntou-se com uma menina uns vinte e poucos anos muita celulite não não vi mas imagino hoje são todas assim até as modelos não vê
está construindo uma mansão em alphaville
está morando numa mansão em alphaville
e ela passando dificuldades para quitar as prestações do apartamentinho no jabaquara
(nunca quis brigar na justiça não queria atrapalhar a relação do menino com o pai)
e ele necessitando colocar aparelho-nos-dentes

e aprendia tanta coisa meu deus liam a veja e a folha de são paulo e discutiam os assuntos quando pequenininho ele fazia cada pergunta e agora era ela quem se espantava ante um mundo cada vez mais estapafúrdio e queria engajar-se na luta pela preservação da natureza se associar ao greenpeace e naquele dia que chegou mais cedo tendinite o diagnóstico ele tomando banho o computador ligado entrou no quarto para recolher a roupa espalhada ê maloqueiro e os olhos relancearam o descanso-de-tela uma enorme bu vagina a bolsa desabou no carpete de madeira o molho de chaves desabou no carpete de madeira seu rosto corado emurcheceu seu coração e pensou deixar o cômodo fingir que nada mas os pés plantados o filho cruzou a soleira assustados os olhos o corpo escorrendo toalha à cintura a algazarra dos periquitos nos ipês da rua a bolsa o molho de chaves espalhados no carpete de madeira o pôster ozzy osbourne colado na porta do armário você já lanchou meu filho mãe balbuciou eu e ela já sei vamos sair e comer uma pizza que tal e a madrugada se dissipa os amigos do colégio do prédio amontoam-se entorpecidos o fumo a parafina colegas conhecidos parentes vozes velórias a cadeira à cabeceira coroa de flores saudades é um jesuscristinho assim deitado estampa comprada num domingo de sol na feira da praça da república dezessete anos em agosto
tão feliz tão lindo tão companheiro tão querido tão inteligente tão amoroso
meu deus por quê que ele foi fazer isso meu deus por quê

9. Ratos

Um rato, de pé sobre as patinhas traseiras, rilha uma casquinha de pão, observando os companheiros que se espalham nervosos por sobre a imundície, como personagens de um videogame. Outro, mais ousado, experimenta mastigar um pedaço de pano emplastrado de cocô mole, ainda fresco, e, desazado, arranha algo macio e quente, que imediatamente se mexe, assustando-o. No após, refeito, aferra os dentinhos na carne tenra, guincha. Excitado, o bando achega-se, em convulsões.

O corpinho débil, mumificado em trapos fétidos, denuncia o incômodo, o músculo da perna se contrai, o pulmão arma-se para o berreiro, expele um choramingo entretanto, um balbucio de lábios magoados, um breve espasmo. A claridade envergonhada da manhã penetra desajeitada pelo teto de folhas de zinco esburacadas, pelos rombos nas paredes de placas de outdoors. Mas, é noturno ainda o barraco.

A chupeta suja, de bico rasgado, que o bebê mordiscava, escapuliu rolando por sob a irmãzinha de três anos, que, a seu lado, suga o polegar com a insaciedade de quando mamava nos seios da mãe. O peitinho chiou o sono inteiro e ela tossiu e chorou, porque o cobertor fino, muxibento, que ganharam dos crentes, o irmãozinho de seis anos enrolou-se nele.

O colchão-de-mola-de-casal onde se aninham sobreveio numa tarde úmida, manchas escuras desenhando o pano rasgado, locas vomitando pó, aboletado no teto de uma kombi de carreto, vencendo toda a Estrada de Itapecerica, em-desde a Vila Andrade até o Jardim Irene, quando viviam com o Birôla, homem bom, ele. Uma vez levou a meninada no circo, palhaços, cachorro ensinado roupinha-de-balé, macaco de velocípede, domador chicoteando leão desdentado em-dentro da jaula, cavalos destros, trapezista, equilibrista, pipoca, engolidor de espadas, maçã-do-amor, moças de maiô, algodão-doce, serrador de gente, pirulito, sorvete de palito. Aí começou a abusar da mais velha, agora de-maior, mas na época treze anos. Enfezada, despejou álcool nas partes, riscou cabeça de fósforo, o fogo ardeu a vizinhança, salvou os filhos, mas o tal, aquele, em sonhos de crack torrou, carvão indigente.

Dele herdou o menino, oito anos, seu escarro, hominho. Ano passado, ou em-antes, ignora, estourou a coceira, as costas, a barriga, as pernas, uma ferida só, coitado. Internado, as enfermeiras nem um pio ouviram, reclamaçãozinha alguma, uma graça. Levou bronca do doutor, Absurdo, falou, Irresponsável, berrou, disse para a mulher assistente-social acompanhar, Sarna, ela nem as caras deu.

Pensam, é fácil, mas forças não tem mais, embora seus trinta e cinco anos, boca desbanguelada, os ossos estufados os olhos, a pele ruça, arquipélago de pequenas úlceras, a cabeça zoeirenta. E lêndeas explodem nos pixains encipoados das crianças e ratazanas procriam no estômago do barraco e percevejos e pulgas entrelaçam-se aos fiapos dos cobertores e baratas guerreiam nas gretas. Já pediu-implorou para a de treze ajudar, mas, rueira, some, dias e noites. Viu ela certa vez carro em carro filando trocado num farol da avenida Francisco Morato. Quando o frio aperta, aparece.

A de onze, ajuizada, cria os menorzinhos: carrega eles para comer na sopa-dos-pobres, leva eles para tomar banho na igreja dos crentes, troca a roupa deles, toma conta direitinho, a danisca. E faz eles dormirem, contando invencionices, coisas havidas e acontecidas, situações entrefaladas no aqui e ali. Faz gosto: no breu, a vozinha dela, encarrapichada no ursinho-de-pelúcia que naufragava na enxurrada, encaverna-se sonâmbula ouvidos adentro, inoculando sonhos até mesmo na mãe, que geme baixinho num canto, o branco-dos-olhos arreganhado sob o vaivém de um corpo magro e tatuado, mais um nunca antes visto.

10. O que quer uma mulher

Ajeitando no nariz os óculos de massa preta, a haste esquerda colada com esparadrapo, as lentes de vidro arranhadas, a mulher penetra com vagar na pequena cozinha, dirige-se à pia, destorce com dificuldade a torneira atipoiada com elástico e barbante entrelaçados e lava um copo-de-requeijão, Frajola persegue o Piu-Piu no decalque. O marido, que sentado à mesa levava à boca uma xícara de café com a mão direita, enquanto a esquerda segurava aberto um livro, ligeiramente inclinado para proporcionar foco à vista astigmatizada, assusta-se, eleva os olhos, *Aconteceu alguma coisa?*

Arrastando pantufas esgarçadas, a sola encaroçada, a mulher aproxima-se da mesa, toma a garrafa-térmica, despeja um gole de café no copo-de-requeijão, rasga um pedaço de pão-francês dormido, lambuza-o de margarina, volta a recostar-se na pia. *O quê que você está lendo aí?*, indaga, displicente, aconchegando a mão esquerda sob o xale que abraça a camisola de alça. Ele, descansando o volume sobre as pernas, *Microfísica do Poder... do Foucault... Achei num sebo... na João Mendes*, justifica-se, enfarado. Os dedos da mão direita varrem os farelos que se esparramaram pela toalha axadrezada, tentando edificar um montinho único. *Por quê... por quê que você já está acordada a essa hora?*

Ela entreabre o basculhante da janela que dá para a rua e observa, resguardados pela luz anêmica do poste, os primeiros passageiros do ônibus que daqui a pouco começa a circular. Mastiga o pedaço de pão, empurra-o com o resto do café. Vira-se e, como se numa sala-de-aula, calibra um ponto imaginário na parede contrária, na altura da caixa--de-força cinza, a meio caminho entre o armário de aço vermelho enferrujado e a geladeira amarela manca

ontem de noite eu vinha vindo do colégio o trânsito estava tudo parado ali na altura do Limoeiro um monte de viatura da polícia sirene ligada uma confusão danada e eu sozinha morrendo de medo sei lá a gente não dá conta do que passa pela cabeça nessa hora aí

(O marido enche a xícara de café, acende um cigarro, uma lava-pé escala sua mão aberta)

comecei a ouvir o maior tiroteio pensei em fugir mas ainda corria o risco de ter o carro roubado já pensou? aí tirei a chave da ignição deitei na poltrona de bruços um medo de morrer ali sozinha e então aconteceu uma coisa engraçada parece que eu desmaiei viajei no tempo sei lá me vi de novo mocinha com meus colegas do grupo-de--jovens numa excursão nem imagino pra onde e alguém tocava violão e cantávamos e ríamos e aí começaram a buzinar atrás de mim e assustada dei um pulo liguei o carro engatei a primeira e vi os soldados na calçada arrastando pelas pernas dois sujeitos ensanguentados deviam estar mortos já e vários outros sentados na guia só de cuecas mãos na nuca parecia cena de filme americano

(O marido descruza as pernas, esmaga a guimba no pires, agoniado confere as horas no relógio da parede.)

A mulher pastoreia os olhos sonados por entre a fumaça azulada que se dispersa próximo à lâmpada de quarenta velas acesa.

A vizinhança espreguiça-se

uma discussão, logo abortada
uma porta que se fecha
um rádio ligado
cachorros que latem
a porta-de-aço descerrada da padaria
passos rápidos na calçada
um bebê que esgoela
uma sirene, longe *"Polícia?"*

o ônibus encosta, os passageiros apressam-se, arranca

e eu decidi que não quero mais essa vida pra mim não não quero

(O marido, impaciente, "*Vou acabar perdendo a hora*",

Mas...

cansei nada vale tanto sacrifício trabalhar trabalhar trabalhar pra quê? a gente quase não se vê mais não sai pra lugar nenhum quanto tempo tem que você nem me procura
acende outro cigarro, levanta-se, caminha na direção da mulher,
É... é verdade... a gente precisa sentar pra acertar umas coisas... Mas... sinceramente... não acho... assim... que as coisas estejam tão ruins assim não...
o problema é que você se contenta com qualquer coisa pra você de qualquer jeito está bom
tenta envolvê-la nos braços marinhos de sua blusa descosturada, ela se desvencilha, volta-se para o basculhante, lá fora bocejos do dia.
sabia que estou devendo de novo no banco? sabe por quê? porque o que a gente ganha não dá pra vencer o mês e o pior é que a gente não consegue sair dessa merda estamos cada vez mais
Você está falando alto...
Ansioso, o pastor-alemão arranha a porta da cozinha, choraminga. Na contraluz, o rosto lusco-fusco da mulher.
Fala baixo... os meninos... vão acabar acordando... Calma...
calma o quê? estou cansada não está vendo? estou cansada muito cansada cansada de viver com um um lunático que a única coisa que dá valor na vida é a esses livros que só servem pra encher a casa de fungos e adoecer as crianças só pra isso e a esse esse esse estilo de vida essa essa opção pela pobreza ah tenha paciência o que há dez anos me fascinava hoje me aborrece
Mas
deixa eu falar eu não acabei ainda não deixa eu desabafar eu nunca falo
As crianças... vai acabar acordando as
fico segurando as pontas aqui dentro de casa nem pra trocar uma lâmpada você serve claro você tem muitas qualidades é fiel honesto trabalhador mas uma mulher uma mulher precisa muito mais do que isso muito mais
Mas
o problema o problema é que cheguei à conclusão uma conclusão terrível você no fundo no fundo é é um inconformista conformado no fundo você quer é continuar dando suas aulinhas porque dentro da sala-de-aula ninguém te enche o saco ninguém te questiona
Mas
essa nossa pobreza é uma bela desculpa pra sua falta de empenho de ousadia de coragem você esconde sua covardia a sua falta de vigor atrás do seu inconformismo intelectual como se o mundo estivesse morrendo de medo da sua

indignação ah ah ah
Mas
uma mulher uma mulher precisa de muito mais do que isso bem mais meu caro você não vê o futuro meu amor porque você não tem futuro
Mas
você não entende nunca entendeu você acha realmente que a vida se resume a isso morar mal dever pra todo mundo nunca ter dinheiro pra comprar uma coisinha diferente pra comer fora viajar
Mas
é só ficar aqui enfiado dentro de casa tensa na hora de sair tensa na hora de chegar rezando pra que nossos filhos não se envolvam com a bandidagem do bairro não se metam com drogas
O marido acende outro cigarro, espana as côdeas que sobraram agarradas à roupa, junta os livros, coloca os óculos,
desculpa eu eu não quis te ofender
Não ofendeu não...
é que eu estou eu estou tão cansada
Eu sei... Você está precisando tirar umas férias... descansar um pouco...
não estou precisando é de ah não adianta você não ia entender não adianta
escancara a porta que dá para um quintalzinho acimentado, uma aragem fria e o cachorro entram estabanados, a mulher agasalha-se, ele preme seu braço com carinho,
Tem que ter força... persistência...
eu estou ficando velha o tempo está esgotando
afaga a cabeça do pastor-alemão, que, agitado, aguarda uma ordem).
Precisa lavar lá fora... olha o cheiro! Quieto! Quieto!

Ela tranca a porta da sala
e apoiando-se na maçaneta
ouve o rangido do portão
o motor do Chevette
cães que latem
passos na calçada
vozes
um ônibus que arranca
o rangido do portão
o motor do Chevette
vozes

¿quem é esse homem, meu deus, cara gorda ponte-móvel barriga-de-barril roupas desleixadas sem amigos
que gasta as manhãs de sábado lavando o cachorro e o quintalzinho latinhas de cerveja e tira-gostos espetados no palito
que gasta as tardes de domingo vendo futebol na televisão latinhas de cerveja e tira-gostos espetados no palito
e que dorme em sua cama
e que é o pai de seus filhos
e que
já não reconhece
quem é esse homem quem?

11. Chacina nº 41

Bem dado, de baixo para cima, o chute que atingiu as costelas à mostra do viralata catapultou-o para o meio da rua, onde, aterrizando meio de banda, escapuliu ganindo, sem atentar tamanha crueldade. Só empós escapar ligeiro por entre valas fétidas e becos sonolentos, escuridões e clareiras, é que, encorajando-se, tornou ao revés. Já ninguém não havia extorquindo a manhã nascitura. Parou, resfolegante, o coraçãozinho às corcovas, estendeu-se sobre o corpo trêmulo, a confusa recém-lembrança. Por que fora agredido? Arfando, a língua lambe o pelo duro, amarelo-sujo, tenta escoimar os doloridos. Por quem fora agredido? Os dentes agudos mordiscam ao léu, à cata de invisíveis pulgas. Exausto, a cabeça pende sobre as patas esticadas, cerra os olhos, o rabo sossega, suspira. Aos poucos, os caquinhos coloridos assentam no fundo do caleidoscópio. Caminhava, entreabrindo cortinas da noite à procura de seu dono, orelhas afiladas, todo prontidão, porque sabia da Vila Clara, várias vezes enxotado, pontapés, baldes de água quente, pedras, bombinhas, foguetes, porretes, até tiros, sim senhor, até tiros!, quando, próximo ao salão onde os pés do povo forrozeiro levantam finas nuvens de cimento, avistou a cena intrigante: debaixo do poste, como que dormissem, três pessoas deitadas, quase amontoadas umas junto às outras. Cauteloso, chegou mais perto, avaliou. Bêbados não se encontravam, disso entendia, e muito. Paciente, acompanhava madaleno a via-sacra do seu dono, engastalhando-se em botequins, enroscando-se em árvores, a coluna curvada sob o saco-de-estopa abarrotado de latas-de-alumínio macetadas. O que exalava dos corpos era azedume de suor embaralhado ao doceamargo do medo. Pedaços de chumbo ricochetearam na parede da oficina-mecânica arrancando lascas do enorme Aírton Senna grafitado — mais tarde, a polícia técnica colheria vinte e três cápsulas calibre 380. O sangue borbotava das várias perfurações na pele formando no chão uma mancha vermelho-escura que, espraiando-se pela calçada, descaía na direção da guia, quando reduzia-se a dois débeis fiozinhos que, mal alcançavam a rua descalça, morriam absorvidos pela terra. Concentrado, buscava reconhecer os rostos, dois dos três eram garotos ainda, quando sentiu a pontada na altura do pulmão, quase pôs o pouco que havia comido para fora, recolheu o rabo, baixou as orelhas, disparou, suspendendo-se no breu. Assustado, arregalou os olhos, já se ouviam os barulhos que acompanham o sol, pôs-se de pé, a pata direita traseira coçou a orelha carcinômica, tinha que achar seu dono, que gostava de conversar com ele, acariciar seu corpo despelado, beijar seu focinho, brincar de cócegas, fazê-lo de travesseiro, que dividia os restos de comida com ele. Dia desses, refestelou-se na grama do canteiro central de uma avenida, à tarde, nunca mais o viu. Lá ficou apenas o saco-de-estopa abarrotado de latas-de-alumínio macetadas.

12. Touro

A lua nova, no signo de Câncer, pede recolhimento, reflexão. Depois da agitação dos últimos dias, é hora do ritmo lento e contínuo. Aqueles que se deixarem levar pelas emoções podem se arrepender. Estão condenadas todas as atitudes radicais. O agrupamento dos planetas em Touro, signo da terra e da posse, tende a levar a exageros, mas a energia lunar acalma os ânimos.

13. Natureza-morta

A *tia* girou a chave, empurrou a porta, Ê!, algo a emperrava, estranhou. O corpo no ombro direito, a custo cedeu, pororoca estraçalhando, arrastando, *O quê?* Em algazarra, as crianças, às suas costas, espiavam-na, assustadiças, curiosas. Pela fresta, antecipou-se a manhã frágil iluminando o quadro de avisos — feltro verde colado sobre uma placa de cortiça — agora ponte em diagonal ligando o rodapé à maçaneta, garatujas e desenhos ainda assentados com tachinhas.

No corredor, onde desaguavam as três salas de aula, gizes esmigalhados, rastros de cola-colorida, massinhas-de-modelar esmagadas, folhas de papel-sulfite estragadas, uma lousa no chão vomitada, trabalhinhos rasgados, pincéis embebidos em fezes que riscaram abstrações nas paredes brancas, pichações ininteligíveis, uma garrafa de Coca-Cola cheia de mijo, um cachimbo improvisado de crack — a capa de uma caneta Bic espetada lateralmente num frasco de Yakult. Ao fundo, a fechadura arrombada, cacos do vidro do basculhante, do barro do filtro-d'água, marcas de chutes nas laterais do fogão, panelas e talheres amassados. Em correria, gritos atravessam as telhas francesas, olhos mendigam explicações.

Puxada, empurrada, vozes choramingas, "A hortinha, a hortinha...", conduziram a *tia* ao quintal: à sua frente, fuçadas as leiras, legumes e verduras repisadas, arrancadas, enterradas, brotos de cenouras, beterrabas, alfaces, couves, tomates, tanto carinho desperdiçado, nunca mais vingariam, as crianças caminhando, com cuidado, por entre os pequenos cadáveres verdes, olhos baços, e ela, até onde a vista alcança, observa as escandalosas casas de tijolos à mostra, esqueletos de colunas, lajes por acabar, pipas singrando o céu cinza, fedor de esgoto, um comichão na pálpebra superior esquerda e a solidão e o desespero.

14. Um índio

Seu Aprígio é que talvez pudesse alembrar dia e mês que o índio surgiu aqui primeira vez, mas morreu ontem, carcomido por um câncer medonho na garganta, depois falam doença de cigarro, de bebida, acredito não, nunca bebeu nada, a não ser refrigerante, e fumar, então, em-nem fumaça suportava, Deus o tenha! De tal maneira que o que toda gente sabe é que um final de tarde o bugre apareceu no boteco, encostou a pança careca no balcão de fórmica vermelha ensebado, pediu uma cachaça na língua enrolada lá dele, alguém viu graça, bancou o prejuízo, e o selvagem, noite adentro, tornando-se alegre, foi para o meio do asfalto dançar, e os sem-juízo cercaram ele numa roda batendo palmas, o bicho entusiasmou, arrancou a roupa sob aplausos do povaréu, e ficou balangando os negócios, crianças e mulheres passando, e juntou vagabundo e trabalhador, a arruaça contagiou aquele canto do bairro, uma esbórnia. Até que alguém, sempre um desmancha-prazeres, convocou a polícia. Veio a Rota, sirene esgoelando, pneus solfejando, os peemes desembarcaram distribuindo sarrafo sem piedade nem dó, e o povinho ralo, sebo nas canelas, sumiu num trovoar, os deixa-disso quisemos explicar, aquilo era índio, índio mesmo, de verdade, portanto os troços de fora, mas os cassetetes nem a, miaram no lombo da negada, e o peri lá, sozinho, pelado, bêbado, débil. Agarrado, algemado, arremessado, mofou no fundo de uma cela. Depois, tempos, voltou, em-dentro duma camisa de seda sintética estampada, surrada, calça jeans ruça, chinelos-havaiana, o idêntico riso abobado. Chegou, encostou a pança careca no balcão de fórmica vermelha ensebado do boteco do seu Aprígio, ponto final da linha 6086 (Jardim Varginha-Santo Amaro), e disse, na língua enrolada lá dele, que queria comer. Seu Aprígio falou *Quer comer, tem que pagar*, e o índio ensolarou a cara idiota, desentendendo ou em fingimento, que dessa raça a gente não especula quando sinceridade, quando dissimulação. Seu Aprígio explicou, *Vai ganhar dinheiro! Tutu! Money! Grana! Bufunfa! Ó!* e roçou o indicador no polegar da mão direita, os dentes perfeitos do imbecil às escâncaras. Desistindo, espetou um pedaço de linguiça no palito, ofereceu ao importuno, que mastigou com ganância, e, apontando a travessa engordurada, solicitou mais. Aí seu Aprígio, *Ah, é?, pois vai trabalhar então!*, empunhando uma vassoura de piaçava, um rodo, um balde d'água salpicado de sabão em pó, uma lata de creolina, *Toma, vai lavar o banheiro primeiro*, e o bobo sim, *Depois, o piso... Essa imundície*, e o bobo sim, no entanto parado, os olhos meio-puxados bonachonamente arregalados. Seu Aprígio então franqueou a porta do mictório, a sufocante acidez do mijo, despejou o balde d'água salpicado de sabão em pó no chão, tomou a vassoura de piaçava, esfregou com força, *Viu?*, repassou-a ao aprendiz, *Vai, agora*, e o bobo sim, no entanto parado. Seu Aprígio pegou na mão dele, *Assim, ó*, repetiu, *Viu?*, e o bobo, desajeitado, *Isso, índio, isso! Agora, o rodo. Hum... bom... bom...* Na sujeira do salão manejava a vassoura de piaçava e o rodo com galhardia, *Isso, índio, isso!* De cócoras, na porta do botequim, o índio devorou o pão com mortadela, lambeu os dedos, quis mais, devorou um ovo cozido colorido, três torresmos, uma coxinha, dois quibes, um rissole, uma empadinha, tudo sobra da estufa, e mais um pedaço de bolo-de-fubá, saco sem fundo. *Vamos circular, ô Tonto, vamos circular!*, e seu Aprígio tocou ele de lá, baixou a porta-de-aço, subiu para o segundo andar pela escada interna, e a escuridão irrompeu na rua, com violência. Seu Aprígio ainda espiou pela janela, viu o bugre estendido na calçada, tomando toda a largura da entrada do estabelecimento, ensimesmo um cão-de-guarda, e pensou *Pelo menos, arrombar ninguém vai querer...* Todo dia, ao despertar, lá estava o índio. Desenrolava a porta-de-aço, e ele pegava o balde, a vassoura de piaçava, o rodo, a caixa de sabão em pó, a creolina, e lavava o banheiro, o piso do salão, os copos acumulados na pia, a calçada, a Brasília laranja do seu Aprígio. Zanzava, reconhecido por todas aquelas bandas, até no Loteamento Olinda, Loteamento Auri-Verde, Jardim Alcântara II, e mesmo no Jardim Marilda: capinava quintal, pajeava criança, dava recado, carregava compra, batia laje, zoava dele a molecada. Às quartas e sábados chafurdava na feijoada, o prato mais cobiçoso. Nos churrascos de domingo, engolindo cerveja e triturando asa de frango, apostávamos: uns, que ele era guarani dali de Parelheiros, aldeia Crucutu; outros, que ele era é pankararu, da favela Real Parque, no Morumbi; a maioria, entretanto, que ele havia descido do Amazonas ou do Mato Grosso, de carona, e abandonado ali, de sacanagem, sabe-se lá, e a discussão tornava sempre quando esgotados futebol e mulher. De quando em quando, o bobo sumia, dias sem notícias, e também especulávamos: uns, que tinha ido visitar os parentes no meio do mato; outros, que estava é na cadeia, novamente; de verdade, nunca soubemos desses paradeiros. Até que o câncer emudeceu seu Aprígio, sugou dele as carnes, os músculos, o tutano dos ossos, nem mais radioterapia, nem quimioterapia, nada, não adianta, os médicos anunciaram, só morfina, e enquanto no hospital esteve internado, o índio, desaparecido. Ao retornar à casa para falecer, semana passada, o bugre ressurgiu. Aboletou-se à porta do botequim, dois dias sem comer, sem beber, amuado, feito ele, o doente. Ontem, quando avisado que seu Aprígio tinha passado desta, murcho e sozinho desfiou as ruas pobres do Jardim Varginha, garrafa de cachaça debaixo do sovaco. Houve quem tenha visto seus passos cambaleantes empurrarem-no ao encontro da noite áspera, mas só a manhã surpreendeu o índio esticado sob a marquise de uma loja de material-de-construção na avenida Santo Amaro, abraçado a um casco branco vazio, a tudo alheio, a tudo.

15. Fran

Sim, havia prometido não mais beber, lembra Françoise, agarrando o pescoço da garrafa, mas, uma gota, uma gota apenas de bagaceira derramada na superfície petrólea do café quebra a abstemia?

Mira-se no cristal do espelho, janela que abarca retalhos da sala e do chumbo da manhã poluída. Trinados de periquitos. Recém-desperta, a pele imaquiada revela rugas, poucas, quase marcas-de-expressão apenas, estressada, talvez. Aberto o robe-de-chambre, surgem os formosos seios, atraentes, empinados ainda, virgens de bisturi. A mão viaja pelo ventre: onde gordurinhas?, estrias?, celulite? Orgulha-se: *Gostosa!* Vira-se, e o olhar repassa as costas sarapintadas, a bunda arrebitada, as coxas venenosas: *Gostosa!*

À mesa minúscula, com a ponta da faca raspa a geleia de morango que resta no fundo do pote e cobre a superfície irregular de uma bolacha cream-cracker. Leva-a à boca. Arremessa longe a bolacha, a faca e o pote vazio, que rola no carpete sem se quebrar. *Merda! Merda! Merda!* Levanta-se, corre para a sacada. Lágrimas azuis ameaçam arruinar seu dia *Calma, Fran, calma!* calam-se escorregando pela garganta *Calma, meu bem, calma. O telefone vai tocar, Fran, já já. E você precisa estar lúcida. Lúcida! Já pensou?, Alô!, Aqui é a Fran, e ploc!, desaba no chão feito uma... uma manga... uma manga madura...*

O vento atiça o cheiro, o chão do quintal tapete de mangas maduras, manga-ubá, manga-rosa, manga-espada, mangas de casca manchada espatifadas, porcos comendo mangas, passarinhos comendo mangas, patos, galinhas, cavalos, bois comendo mangas, sombras úmidas e frias que se entrelaçam, entrechocam, a verdejante orgia de folhas e galhos e raízes agora não-mais num longínquo quintal beira-vargem, grotão esvaziado do interior do Rio de Janeiro, às margens do mundo, mastiga devagar uma bolacha cream-cracker sem geleia, *Melhor, mantém a forma,* bebericando uma xícara de café pelando.

Outros tempos esteve ligada à Rede Globo, papéis secundários em novelas, pontas em especiais, aparições rápidas em programas dominicais, vilã, ingênua. Chegou a, na rua, ser apontada, cutucada, mexida, apalpada, Você não é da televisão? *Televisão... Televisão é pra poucos, pra uns.* Nunca sorteada nas graças do diretor certo, do ator certo, do produtor certo, do empresário certo. *Paciência. Nada de apelação.* Teatro, só peças sérias. *Não apareceu nenhuma? Paciência.* Cinema, é aguardar. Mas, longe de filme pornô, erótico. Convite para revistas masculinas, aceita estudar. Fotos artísticas porém, sem poses ginecológicas.

O telefone tocou? *Fran? Augusto, Augusto Bicalho, tudo bem? Olha, tenho um papel sob medida pra você, é uma.* Não, não tocou. Mergulha a unha sem esmalte no uísque-caubói, chupa-a. Françoise sabe aguardar. Na terapia das vidas passadas descobriu seu carma: num estalar de dedos a areia dos desertos se curvava ante a princesa egoísta. Paga, nessa encarnação, o preço da arrogância. A numeróloga reescreveu seu nome, Frannçoise (dois enes) Pernaud, mais energia, mais brilho. E as dores lombares que desde menina a perseguiam a massagem Reiki combinada com sessões de meditação eliminou.

Atirada no sofá, beberica uma segunda dose de uísque-caubói, verifica a campainha do telefone, *Está alta sim, no máximo,* o celular teve que devolver, a conta muito alta, tira o fone do gancho, *Está, está ligado sim,* folheia "As Sete Leis Espirituais do Sucesso", Deepak Chopra, as letras rebelam-se, as linhas pululam, o vizinho japonês é da Opus Dei, enfiaram por engano correspondência por debaixo da porta, curiosa abriu, já nem mais lembra do que tratava, picou, pôs fogo dentro do vaso sanitário, deu descarga. Às vezes cruza a japonesa no elevador, bom dia, os dois pokémons a tiracolo, superprotegidos passam a vida buscando substituta para a mãe... *Gueixas... Tarados...*

Um ano já nesse apartamentinho, Jardim Jussara, quando pedem o endereço diz Morumbi, o que não é de todo mentira, à janela a avenida Francisco Morato, crianças filam trocados no farol da esquina, atira-se novamente no sofá, beberica uma terceira dose de uísque-caubói, verifica a campainha do telefone, *Está alta sim, no máximo,* tira o fone do gancho, *Está, está ligado sim.* Ah Augusto, velho Augusto, bom Augusto, no celular sempre a secretária-eletrônica, **Deixe o seu recado após**, no escritório a Miriam, **Deixa comigo, meu bem, assim que puder ele retorna sua ligação, ele já sabe do que se trata, pode ficar**

16. assim:

são pequenos lagos azuis (ninhos de cegonha acomodados nas chaminés de) piscina o notebook os dedos direitos ciscam o nó da (**nós dois, galeria vittorio emmanuele, milão, lembra?**) a barra cinza do horizonte (podre, o ar) *vista de cima são paulo até que não é assim tão*
— vai chegar um dia em que não vamos mais poder sair de casa
— mas já não vivemos em guetos? *a violência*
(johannesburgo, conhece?, *feia tão suja tão*
à noite não se pode sair do) *perigosa*
entra governo, sai governo, muda o quê? Na hora de pedir contribuições pra campanha são dóceis, são afáveis. a contrapartida... autorama (:chamariz a menina — mostra pra mim deixa eu ver não conto pra) hélices o rio (podres, as águas) (**eu sei, também odeio escândalo, mas você**)
— não sou insensível à questão social *irreconhecível o centro da cidade hordas de camelôs batedores de carteira homens-sanduíche cheiro de urina cheiro de óleo saturado cheiro de* a mão os cabelos ralos percorre (**minha mãe punha luvas, chapéu, salto-alto para passear no viaduto do chá, eu, menino, pequenininho mesmo, corria na**) este é o país do futuro? deus é brasileiro? onde ontem um manancial hoje uma favela onde ontem uma escola hoje uma cadeia onde ontem um prédio do começo do século hoje um três dormitórios suíte setenta metros quadrados
– o jipe atravessado no meio da rua o ferreira deu uma freada os seguranças vinham atrás saíram atirando o ferreira deu ré fugimos pela contramão passei uma semana à base de *são imigrantes são baianos mineiros nordestinos gente desenraizada sem amor à cidade para eles tanto* (**você e seus quatrocentos anos! vão se**) fez é uma cidade magnífica os minaretes (podre, a cidade)
– a caçula em paris doutorado em arquitetura
– o do meio aqui mesmo na diretoria de compras você sabe o ralo de qualquer empresa
– o mais velho com nossos sócios em nova iorque
o ministro vai assinar sim a portaria já está tudo (**você e suas**) a brisa da manhã acaricia a avenida paulista o heliponto incha sob o (podre, esse país) *precisaríamos reinventar uma civilização*

17. A espera

Assustado, espoca os olhos, o sol dez e quinze no despertador, cobertor desfolhado no chão, travesseiro enganchado nas pernas, fios encrespados dos longos cabelos acortinando o rosto, senta na beira da cama, espreguiça, levanta-se, uma aragem escorre por entre a persiana semiaberta, os telhados vermelhos da Vila Santo Stéfano, a Imigrantes, ao longe.

Sem camisa, a calça de moletom cinza arrasta o chinelo-raider pelo sinteco até a cozinha. Nas trempes engorduradas do fogão-a-gás, um coador engasgado de pó-de-café mergulha num bule verde-escuro empipocado de florzinhas brancas, a espuma aerada do leite fervido cobre o campo negro do tefal, uma tampa assenta-se deselegante sobre a garganta da panela-de-pressão, restos de uma sopa-knorr galinha--caipira. Na porta da geladeira, fixado por ímãs (um abacate, um chuchu e a propaganda de uma farmácia), um bilhete:

> *Não vá perder a hora, meu amor.*
> *Estou torcendo por você.*
> *Boa sorte.*
> *Beijo da*
> *mamãe.*

Amassa o papel, enfia-o na lixeirinha que transborda cascas de banana na superfície molhada da pia. Pega duas fatias de pão-de-forma, cimenta-as de margarina, abraça-as no tostex, risca o fósforo, despeja um pouco de leite do saquinho na leiteira amassada, acende a outra boca. Boceja. Aguarda, um L&M nos lábios, um Almanaque de Férias da Mônica antigo na mão. As duas fatias de pão-de-forma esturricadas joga desengonçado em cima da toalha da mesa, as pontas do polegar e do indicador sapecadas. Na xícara, ao leite quente adiciona um pingo de café, já frio, da garrafa-térmica. De pé, mastiga, o gibi, o cigarro, o vento eriça os pelos do braço, a pele do torso nu, mastiga, o café com leite engole, as mãos limpa na calça de moletom cinza.

Empurra um tamborete até onde convergem parede e teto, num vão entre telhas e caibro extrai um pacotinho envolto em plástico, desembrulha-o, um tijolinho de maconha, esfarela um tantinho num papel-de-seda, embrulha-o, devolve-o ao esconderijo, acende o cigarro, a calça de moletom cinza arrasta o chinelo-raider pela cerâmica vermelha até o quarto, liga o minissystem, último volume, engole a fumaça, "Hallowed Be Thy Name", Iron Maiden, engole a fumaça, deita-se, fecha os olhos, engole a fumaça. Depois, borrifa Bom Ar pelo quarto, escancara a janela, a sacada avança para a solidão dos longes entrevistos.

O elástico preto prende os cabelos num rabo-de-cavalo, caminha devagar pela rua Sérgio Cardoso enfiado numa camiseta preta, estampa do Helloween, calça big cor indefinível, tênis Reebok imundo, uma argola pendendo do lóbulo da orelha direita, na padaria da esquina compra um maço de L&M, um mini-isqueiro Bic. Toma o ônibus até a estação Saúde do metrô, baldeia na Sé para a estação República. Da escada-rolante emerge, o Edifício Itália funda-se nos seus ombros, a fumaça de carros e caminhões tachos de acarajés coxinhas quibes pastéis, vozes atropelam-se, amalgamam-se, aniquilam-se, em bancas revistas, jornais, livros usados, pulseiras brincos colares gargantilhas anéis, lã em gorros ponches blusas mantas xales, pontos-de-ônibus lotados, trombadinhas, engraxates, carrinhos-de-pipoca, doces caseiros, vagabundos, espalhados caídos arrastando-se bêbados mendigos meninos drogados aleijados.

A entrevista às duas horas, esquina da avenida Ipiranga com a rua da Consolação, *Tem tempo*, vasculha as lojas da Galeria do Rock, *Cada cedê!*, uma tentação, mas, nem um nada no bolso, a conta de voltar para casa, desanima, bate perna, rua Conselheiro Crispiniano, rua Xavier de Toledo, rua Bráulio Gomes, praça Dom José Gaspar, avenida São Luís, avenida Ipiranga. Estacado na calçada oposta, fuma vagarosamente, observa a entrada do prédio, um restaurante-a-quilo embaixo, três degraus, mármore amarelado, quinas quebradas. Lá em cima, sétimo andar, deve haver, numa sala pequena e sáunica, divisórias de madeira, sentado enigmático atrás de uma mesa abarrotada de pastas coloridas, uma estante de metal cinza às costas, impenetráveis livros contábeis, um terno-gravata, décima entrevista em dois meses, *Décima entrevista!*

(À noite, alarmada, a mãe assiste, encostada ao portal, panela-de-pressão envergando a mão direita, o noticiário na televisão, as cores escapolem, mancham as paredes da sala, o filho saiu para procurar emprego, não voltou ainda, nem telefonou, *Será que aconteceu alguma coisa, meu deus?*, atravessa no intervalo o corredor, põe a sopa-knorr galinha-caipira para requentar.)

18. Na ponta do dedo (1)

GALVANIZADOR
GARÇOM
GERENTE administrativo
GERENTE administração industrial
GERENTE de centro processamento de dados
GERENTE de indústria
GERENTE de lanchonete
GERENTE de loja
GERENTE de loja de material de construção
GERENTE de marketing
GERENTE de operação
GESSEIRO
GOVERNANTA
GOVERNANTA
GUARDA de segurança
GUARDA feminina
GUINCHEIRO
IMPRESSOR de máquina offset
IMPRESSOR de silkscreen
IMPRESSOR em geral
IMPRESSOR flexográfico
IMPRESSOR offset
IMPRESSOR offset (Davidson)
IMPRESSOR tipográfico
INSPETOR de qualidade
INSTALADOR de linhas telefônicas
INSTALADOR de som
INSTALADOR de telefones
INSTRUMENTISTA eletrônico
INSTRUMENTISTA mecânico

INSTRUTOR de cursos
INSTRUTOR de treinamentos
JARDINEIRO
LAMINADOR
LANCHEIRO
LAVADOR de carros
LAVADOR de veículos
LÍDER de limpeza e jardinagem
LIMPADOR de janelas
LOCUTOR animador
LUBRIFICADOR de automóveis
LUBRIFICADOR industrial
MAÇARIQUEIRO – (Ah!)
MAÇARIQUEIRO – 1º grau até 8ª série incompleta, experiência de 24 meses, idade entre 28 e 50 anos
MAÇARIQUEIRO – (soldador), escolaridade não exigida, experiência 12 meses, idade entre 25 e 45 anos

19. Brabeza

Quatro tardes para o Dia das Mães e nem um puto no bolso. Tinha aviado um rádio-gravador AM/FM CCE arrumado, ia adorar, ela que vive no reclame, não tem com que se distrair... Ideal, mesmo, a televisão Toshiba vinte polegadas, som estéreo, vídeo embutido. Horas várias perfilara na frente da vitrina Extra-Mappin da praça Ramos, no registro de preços, prestações, hum, que complicação!, carteira-assinada, comprovação de endereço, RG, CIC, duas referências, hum, que complicação! Não, haverá de dar jeito, armar outra qualquer, a velha, coitada, nem exigente, aliás, nem esperando nada, o que ganhasse, surpresa, de bom tamanho, aplaudiria. Bem, então, à luta! Um rádio-gravador AM/FM CCE mesmo e estamos conversados! Agora: onde cavar uns trocados? Brabeza despasseia. Lugar para bater carteira é a rua Barão de Itapetininga, os caixas-eletrônicos. O povo agarra o dinheiro, enfia no bolso, na bolsa, desembesta arisco, assustadiço. Mulher, mais melhor: é marcar e ir atrás, momento chega, relaxo, pode tatear a bolsa da fulana ou meter a gilete no couro (couro merda nenhuma!), morder a grana, assoviar. Se tiver celular, aí, uma distração só. Dependendo, três viagens arrecada o suficiente para comprar o rádio-gravador e comer com o troco um Big Mac, que é mais gostoso no McDonald's da rua Henrique Schaumann. Homem, bem mais dificultoso. Magro e feio, Brabeza é presa fácil, caso o brutamontes acuse a sacanagem, resolva meter a mão nas fuças. Aí, adeus, meu nego, bau-bau! Por isso, insiste, a campana em frente ao caixa-eletrônico do Bradesco, vigia, na moita, na surdina, acoitado pelas gentes que passam na correria. Também, experiência pouca, vergonha de roubar, fica alembrando a mãe, maginando, se ela desconfia, hum, nossa senhora!, o fim, capaz de morrer, desgostosa. Nada de curriola, então: na solidão, o centro seu palco. Despretensioso, na hora que a coisa aprumar, persegue emprego decente, limpo de consciência. Mas, enquanto, não pode a mãe passar necessidade, na cama entrevada, doença indescoberta. Banho tem que dar, trocar de roupa, levar para fazer cocô, xixi, uma desordem. Foi pego já, bobeira, em-antes devolveu aos dentes do bueiro a carteira de couro (legítima) grávida de dinheiro e documentos. Na delegacia da Sé já recebia as pancadas de praxe, quando a senhora afanada revelou não o reconhecer. Berrou, então, a honestidade de seu garimpo por trabalho; bradou a carteira-profissional anotada (com carimbos falsos); "Não sou bandido!, não sou bandido não!"; chorou. Indignada, a mulher proclamou a injustiça cometida, entregou-lhe um cartão, advogada, ligasse, entrariam com um processo contra o Estado, tortura!, um absurdo, tortura!, que sabendo de alguma vaga, despediu-se, virou as costas. Brabeza amassou o cartão, devolveu ao lixo, ficou louco?, se entrega os meganhas consegue mais trabalhar nunca sossegado, enviesou num sebo da rua Riachuelo, no meio da livralhada o silêncio, as pernas faltaram, a vista, não desmaiou porque Deus piscou para ele, não aprovando o vexame. Roubar não dava prazer, pronto! Encher a cara em-antes talvez, como os que assaltam banco, diligenciam sequestro-relâmpago. Mas, drogas? Certa vez experimentou maconha, o coração cavalgou, fosse morrer, o corpo subtraído, amadornou quentando sol num banco da praça Roosevelt, acordou zumbizado, catou o primeiro ônibus para abraçar a mãezinha, noite inteira olhos arregalados, preocupada, coitada, no caminho bestando desculpa, na hora disse bobagem, que tinha passado a noite com uma moça, orgulhosa a mãe?, qual o quê!, levou um safanão, "Vem cá", outro safanão, "Vai emprenhar a dita. Quero ver! Ela me manda prum asilo... É isso que você quer? Ver sua mãe pelas costas? Imbecil!" Procurou não tardar, para a mãe não achar que estava no esculhambo com a mocinha inexistente. Então, fazia o centro: largo da Concórdia à estação da Luz; praça da República ao Parque Dom Pedro. Chegado dos camelôs, dos seguranças, dos peemes, dos vagabundos. Na boa, de campana na rua Barão de Itapetininga, olho vivo para descobrir quem vai financiar o rádio AM/FM CCE estéreo da dona Chiquinha.

20. Nós poderíamos ter sido grandes amigos

Nós poderíamos ter sido grandes amigos.

Eu o convidaria para um jantar sábado à noite, aqui em nosso apartamento, serviríamos um magnífico pernil de cordeiro da Nova Zelândia acomodado em ramos de alecrim, um honesto Quinta da Bacalhoa, e ouviríamos, encantados, o último disco do Chico Buarque, uma coletânea da Dinah Washington, uma outra cantora que agora me foge o nome, adquirida na Tower Records, em Londres.

Seríamos apresentados à sua esposa, já vislumbrada rapidamente na piscina, e, uma ou duas taças, deixaríamos o sofá de veludo espanhol amarelo pelas duras e ásperas cadeiras de palha da cozinha, não tão grande quanto era nosso desejo, para ajudar a Célia, avental motivos--surrealistas, cuidando do assado e da salada, endívias salpicadas por sementes de papoulas, berço para postas de salmão defumado. Eu lavaria a louça, ele e a mulher arrumariam a mesa, toalha, talheres, copos, descansos. Após o jantar, de novo esparramados no conforto da sala, nos perderíamos no torvelinho das conversas e, madrugada, quando já nem mais ânimo tivéssemos para trocar o cedê, a rua ausente de carros, uma leve culpa, ressaltada pelo álcool, por as crianças estarem na casa de algum coleguinha ou de parentes, se imiscuiria em nosso último assunto, e nos despediríamos, prometendo nos frequentar com alguma assiduidade.

O tempo solidificaria a relação. Eu confidenciaria que tenho um caso, recente, com uma colega na firma, assistente da diretoria, que, sem ser bonita, tem um corpo atraente, e, além do quê, acredita em tudo que falo, e revelaria que é pivô meu incisivo esquerdo, que o dente perdi num acidente de carro certa vez vindo de um fim de semana prolongado num hotel-fazenda em Serra Negra, e que sinto uma falta danada da minha mãe, falecida há dez anos, que penteava meu cabelo até mesmo depois de adulto, e que eu e a Célia estamos passando por um momento difícil, que já pensamos até em divórcio, mas, ponderamos, a Joana, cinco anos, o Afonsinho, sete, parece que está comprovado que os filhos de pais separados tendem a ter mais problemas na adolescência, e não queremos que paire sobre nossa cabeça se, por acaso, algum deles, Deus que me livre, então, tentamos ir administrando os conflitos à medida em que eles aparecem.

Tudo isso eu diria para ele. E cuidaria também para dia desses alugarmos, half to half, uma casa na Barra do Sahy, um sábado e domingo de sol e iodo fariam um bem danado à gente, desceríamos a Imigrantes, o nosso Vectra e o Golf deles se ultrapassando na estrada, até nos depararmos com um enorme engarrafamento, e até o atraso na viagem serviria para nossa diversão. As crianças iriam querer trocar de carro, os meninos num, as meninas noutro, as patroas conversariam sobre empregadas, silicone nos seios e botox no rosto e lipoaspiração para os pneuzinhos, e nós saberíamos que dificilmente aqueles sonhos se concretizariam, porque, mesmo caríssimos, os planos de saúde não cobrem cirurgia com fins estéticos, e encararíamos nossas barrigas, a calvície precoce dele, os meus cabelos grisalhos, e elas diriam, Pois é, vocês ainda levam vantagem, as mulheres gostam de homens mais velhos, experientes, e argumentaríamos, Que nada, isso era antigamente, hoje em dia a moda é mulher mais velha gostar de ninfetos, e o trânsito se desembaraçaria, Nos encontramos lá embaixo!

Trocaríamos e-mails e encheríamos o computador de spams, piadas de português, correntes-da-felicidade, abaixo-assinados, alertas sobre a descoberta de novos vírus, as mais recentes modalidades de crimes, fotos indecentes, vídeos de sacanagem, charges e até mesmo endereços interessantes, lojas virtuais de cedês e de livros, e descobriríamos afinidades que insuspeitávamos e toda sexta-feira nos encontraríamos para o happy hour num barzinho da Lapa, "o melhor tira-gosto de São Paulo", avaliaríamos cada uma das garotas que estivesse ao alcance de nossos olhos telescópicos e falaríamos mal dos governos municipal, estadual e federal, e revelaríamos que nossa conta-corrente está no vermelho e que a escola das crianças não é tão boa quanto imaginávamos, e confidenciaríamos que torna-se cada vez mais difícil transar com a companheira, e que compro escondido a Playboy, e confessaríamos que ambos mentíamos para os amigos sobre aventuras extraconjugais, que não comíamos ninguém "por fora", e que, embora a colega assistente da diretoria existisse, a única vez que falei com ela foi para me desculpar por ter derrubado sua sobremesa no chão do refeitório, e chegaríamos em casa recendendo a álcool, e as mulheres reclamariam e diriam que nós somos "galinhas", "Homem é tudo igual", e, após um desgastante bate-boca, terminaríamos a noite putos da vida, mas dando graças a deus pela confusão, porque nos poupava de termos que nos esforçar para ficar excitados, e, no dia seguinte, sábado, acordaríamos cedo para comprar peixe e verduras no Mercado Municipal.

Mas nós não nos conhecíamos. Nos vimos algumas vezes no elevador de serviço, a caminho da garagem do prédio, uma ou outra vez na piscina, ele lendo a Veja, eu nadando com a Joana e o Afonsinho.

Hoje soube que ele não vai mais voltar para casa.

Ele foi vítima de um sequestro-relâmpago.

Os bandidos pegaram ele, parece, na avenida República do Líbano, roubaram os documentos, cheques, cartões de débito e de crédito.

Depois, numa quebrada escura lá para os lados da represa de Guarapiranga, puseram ele de joelhos, deram um tiro na nuca.

O corpo foi encontrado hoje de manhã.

O carro ainda não.

21. ele)

Dia havia era assim, um desassossegamento, lugar algum bom, formigamento excursionista, pernas mãos braços, por tudo desinteresse, pessoa nenhuma, nem conversa, cavar um buraco: trancar-se, **Tem Corinthians hoje... Num vai não?**, ventania em-dentro da cabeça, pensamentos redemunham, o corpo angustioso, vista chuvosa, digita o texto ahn? tabelas, para, relê, hum... incompreensível, deve de ser lá fora sol, correria de gente automóveis buzinas a fumaça o barulho, décimo andar o abafamento, o ar-condicionado desregulado — com blusa, calor; sem, frio — o corpo reclamoso, encavernado, cobertor pés à cabeça, suor, ar!, ar!, levantar, esticar-se, homiziar-se na multidão da

avenida Faria Lima, andar, andar, entrincheirar-se atrás da poltrona de um ônibus, Paulistânea, PI, um nome, uma sigla, borrando o RG, um nome, uma sigla, nada, lembrança nenhuma, da secura o pai o silêncio, Piauí é meu corpo gripado, encosta a testa no cano do revólver os olhos açoitados do assaltante, no entanto, dedos magros tamborilam o teclado, processos pareceres adendos questionários minutas memoriais de-acordos considerandos demandas litígios pleitos ações causas pendências citações agravos recursos apelações aprazamentos notificações interpelações
mas,
e o dia?
é bonito o dia? é feio?
faz frio? faz calor?
¿o vento embalou as nuvens no céu ou elas regaram mansamente o asfalto?
¿um motoboy se esparramou na faixa-de-pedestres?
¿um executivo espancou um menino-de-rua com o laptop?
¿um cobrador impediu um assalto?
¿o mundo, o mundo acabou?
às oito horas, dentro da caixa de vidro fumê, liga o microcomputador, a mesa de pinus abarrotada, hora do almoço devora um xis-salada da lanchonete da esquina, pudesse comia ali mesmo, mas a chefia, *Estraga o teclado... Esse farelinho aqui ó, trava tudo, uma bosta! E se cai Coca-Cola então, puta!, aí fodeu!*, guardanapos forram a mesa de fórmica entre os banheiros, o sanduíche besuntado de mostarda ketchup maionese, mija, escova os dentes (a camisa-de-força de fios de aço), organiza a nécessaire, esfrega as mãos, mira-se no espelho, vontade de mandar tudo à, a mensalidade do curso de informática, as prestações do aparelho-de-dentes, o presentinho para o Dia das Mães, o cedê prometido à irmã-caçula, os dedos ginasticam, boceja, atraca-se ao asdfgçlkjh antes que alguém venha encher o

22. (ela

Tão leve em seus dezesseis anos, cirurgicamente branco levita o tênis milímetros das pedras portuguesas que a rua Direita forram.

Suspira. No chão, dribla, estendidas, lonas e plásticos pretos que seu olhar perseguem, calças jeans, brinquedos chineses, ervas medicinais, fitas-cassetes, cedês piratas, barracas de frutas e estojos de perfumes paraguaios, quinquilharias cameleônicas: o pregão. Uma névoa gorda assenta no fundo do canyon. A música, as músicas, alarida-se, algazarram-se, evolam-se rumo a (há, na nesga de céu, atando edifícios, uma enorme fazenda cinza) cinzas, fumo de gasolina e diesel de ônibus entocados nas praças da Sé e do Patriarca. Suas coxas erigem os passos do viaduto do Chá. Na banca, frente ao Teatro Municipal, exibem-se anéis, dezenas, que examina descuidadamente, Ah!, o de pedra vermelha no anular, Hum..., o que lembra um ésse, **Lindo, princesa!**, devolve, **Ah!, não vai levar?**, o tênis cirurgicamente branco sorri, intimidada, **Vai... leva... faço um desconto...** o coração, Ui!, desvencilha-se, a tentação pespegante, as pernas, segredadas na calça-uniforme azul-escura, tropeçam nos dó-ré-mis expulsos da caixa-de-som rachada do ambulante, nos fá-sol-lá-sis espremidos da caixa-de-som da loja de departamentos, das claves que o moço-tatuagens liberta de um tosco instrumento, e se fundem dó-ré-mi-fá-sol-lá-sis se confundem na encruzilhada das ruas Conselheiro Crispiniano com a Vinte e Quatro de Maio, despertada a fome, motocicletas longa fila muletas, ônibus enfileiram gentes no largo do Paissandu, pensa comer, no bolso quanto?, comida-a-quilo?, vermelho o farol, atravessa a faixa empurrando sombras, Ah!, um alguém sério, crente, um lar, filhos, afastado de onde barra-pesada mora, casas tristes barracos, mortos da segunda-feira oblíquos no asfalto, estupros aos sábados, roubos da terça, da quarta, da, esquecer os suores excitados do trem medonho encaixados na sua bunda abraçados em seus peitos, no Shopping Light, sem perguntar o preço, madame, baixar as caixas de sapato, madame, **Princesa... quer fazer um book? Bonita... Aqui, meu cartão...** Truque mais besta! Fernanda, boba, visgou na lábia, até foto pelada, Pra Playboy, Pra Globo, eta!, nem mais viu o ladino, deve ter negociado, tarado não falta, revista de sacanagem aos pregadores em varais pelas calçadas. De pé, o churrasco-grego no pão, envolvido no guardanapo, mastiga, beberica grátis o vermelho copo plástico de quissuco, devagar, chuleando os minutos que faltam para retornar à rua Direita.

23. Chegasse o cliente

com um balde amarelo de plástico cheio de água azulada de sabão em pó e uma vassoura de pelo sintético amarelo os dois faxineiros rapidamente lavaram o cimento esburacado o vermelho escoou para a sarjeta um riozinho espumoso correu para a boca-de-lobo no momento em que os primeiros clientes um casal estaciona em frente ao restaurante e a chave do carro entrega ao valete sorriso boa tarde doutor boa tarde quê que aconteceu ali? um probleminha doutor mas já resolvido

... chegasse o cliente antes dez minutos que fosse e veria dois corpos o rosto de um esborrachado contra a guia a perna sobre as costas um malabarismo agora inútil pelicano desengonçado outro saco-de-estopa onde apressado alguém em evidente flagrante tivesse enfiado um monte de ossos ou ainda um relógio-despertador desmontado uma engrenagenzinha uma mola um

... chegasse o cliente antes meia hora e notaria no alto do edifício um baita espetáculo dois operários num estrado podre de madeira sustentado no espaço por finas cordas um a um os vidros espelhados limpando refletidos dois operários um andaime quatro operários ao todo dois andaimes uns a imitar os outros busterkeatonianamente divertindo-se orgulhosos pronto o prédio logo homens e mulheres se debruçariam às janelas avistariam a cidade mas nunca pelo ângulo que contemplam agora a ruazinha as árvores os arredores os telhados e pensariam sujeitos de sorte podiam num luxo parar e apreciar as nuvens que sobrenadam as paredes envidraçadas o vento que acarinha seus rostos queimados e riam lá embaixo morrendo de inveja
os desempregados por não ter emprego
os empregados por não ter aquele emprego
uma vela que sobrepaira na imensidão do oceano a manhã fruta fresca

... chegasse o casal que agora uma taça de tapada do chaves sorve sub-reptícios olhares a mão esquerda dela sucumbida à mão direita dele seis horas e meia antes e veria dois operários batendo o cartão-de-ponto um vindo da ponte rasa ônibus-metrô-ônibus outro de osasco dois-ônibus-trem-metrô e ouviria amanhã é pagamento quanto você acha que vai ficar o jogo do corinthians está apostado uma cerveja ih tenho que comprar um troço qualquer pros meninos darem pra mãe deles domingo

24. Uma estante

HITLER – Joachim Fest
MARKETING BÁSICO – Marcos Cobra
O VERMELHO E O NEGRO – Stendhal
O PREÇO DA GUERRA – Hans Killian
AS AVENTURAS DE SHERLOCK HOLMES – Conan Doyle
AS VALKÍRIAS – Paulo Coelho
BRASIL POTÊNCIA FRUSTRADA – Limeira Tejo
TEREZA BATISTA CANSADA DE GUERRA – Jorge Amado
GUERRA LUA – Tom Cooper
TEATRO I – Maria Clara Machado
MULHERES APAIXONADAS – D. H. Lawrence
ORGANIZAÇÃO SOCIAL E POLÍTICA BRASILEIRA – Professor Hermógenes
O PALÁCIO JAPONÊS – José Mauro de Vasconcelos
OS FANTOCHES DE DEUS – Morris West
HISTÓRIAS DIVERSAS – Monteiro Lobato
O BOBO – Alexandre Herculano
OS EXILADOS DA CAPELA – Edgard Armond
AJUDA-TE PELA PSIQUIATRIA – Frank S. Caprio
O CHANCELER DE FERRO – J. L. Rochester
O FUTURO EM SUAS MÃOS – Jo Sheridan
O MAIOR VENDEDOR DO MUNDO – Og Mandino
VIDA DE MARIONETES – Ingmar Bergman
GABRIELA CRAVO E CANELA – Jorge Amado
MEMÓRIAS DE UM AMANTE DESASTRADO – Groucho Marx
GERÊNCIA DE MARKETING – John A. Howard
GESTAPO – Sven Hassel
O DINHEIRO – Arthur Hailey
O BHAGAVAD GITA – A.C. Bhaktivedanta Swami Prabhupãda
A FÓRMULA SECRETA – Rick Allen
VIDAS SECAS – Graciliano Ramos

HIMMLER – Alan Wykes
ILUSÕES – Richard Bach
REUNIÃO – Carlos Drummond de Andrade
CÃES DE GUERRA – Frederick Forsyth
ACONTECEU EM VARSÓVIA – Helen MacInnes
UM JEITO DE SER – Carl R. Rogers
FRASES DA VIDA – Bernard Lievegoed
O DIA DO CHACAL – Frederick Forsyth
O PODER INFINITO DA SUA MENTE – Lauro Trevisan
A SEPARAÇÃO DOS AMANTES – Igor Caruso
FERNÃO CAPELO GAIVOTA – Richard Bach
GRANDES ENIGMAS DA HUMANIDADE – L. C. Lisboa e R. P. Andrade
A PROFECIA CELESTINA – James Redfield
HOLOCAUSTO – Gerald Green
CHURCHILL: O LORDE DA GUERRA – Ronald Lewin
VIAGEM AO ORIENTE – Hermann Hesse
GRANDES ANEDOTAS DA HISTÓRIA – Nair Lacerda
OS FORJADORES DO MUNDO MODERNO – Volume 6
BRASIL, PAÍS DO FUTURO – Stefan Zweig
O HOMEM À PROCURA DE SI MESMO – Rollo May
CURSO TÉCNICO EM TRANSAÇÕES IMOBILIÁRIAS – João da Silva Araújo
A ERA DO GELO – Margaret Drabble
NOS DOMÍNIOS DA MEDIUNIDADE – Francisco Cândido Xavier

25. Pelo telefone

"Oi, aqui é a Luciana. Deixe seu recado após o sinal."
Vaca! Puta! Cadela! Desgraçada! Piranha! Puta! Puta! Puta!

"Oi, aqui é a Luciana. Deixe seu recado após o sinal."
Piranha! Filha-da-puta! Desgraçada! Sou mulher de respeito! Não mereço isso! Desgraçada! Filha-da-puta! *(Pausa)*
Mas Deus é grande... você há de ter o troco! Piranha! Vaca! Desgraçada! Desgraçada!

"Oi, aqui é a Luciana. Deixe seu recado após o sinal."

O quê que você ganha com isso?, cadela!, o quê? *(Pausa)* O quê que você ganha com o sofrimento dos outros, heim? *(Pausa)* Ver um filho chorando... sem entender... o pai... noites fora... A filha rebelde... a mãe... *(Voz esgarçada)* O pai... tem... outra... *(Descontrolada)* Desgraçada! Desgraçada! O quê que você ganha com isso? Filha-da-puta! Filha-da--puta!

"Oi, aqui é a Luciana. Deixe seu recado após o sinal."
Sabia que ele não é mais o mesmo? Que está ficando velho? Heim? Você já pensou nisso? Que você é vinte anos mais nova que ele? *(Pausa)* Agora essa diferença não tem muita importância, não é mesmo? Mas... depois... quando ele tiver sessenta... ele será um traste inútil... e você?

"Oi, aqui é a Luciana. Deixe seu recado após o sinal."
Agora deu pra mijar no chão... Não aquela gotinha no assento do vaso, não... que isso é até normal... Mas uma pocinha no chão... como se... como se o jato não tivesse mais força, entende?, como se o jato não tivesse mais força...

"Oi, aqui é a Luciana. Deixe seu recado após o sinal."
Sabia que ele não caga no centro do vaso? É sério... Eu até sei quando é ele que usa o banheiro... a bosta escorrega pela louça até chegar na água... parece... parece um rastro de lesma... Quando a gente abre a tampa vê... o risco endurece... fica agarrado... fede... E o porco filho--da-puta nem pra limpar...

"Oi, aqui é a Luciana. Deixe seu recado após o sinal."
Se você tem alguma coisa pra arrumar em casa... esqueça! Não conte com ele... Ele não mexe em nada... É incapaz de lavar um copo que seja... Ah, e o pior é que ele tem mania de tomar leite com farinha láctea, meio aguado... a porcaria cola na borda do copo... uma nojeira! *(Pausa)* Trocar lâmpada, então! Fazer buraco na parede... hu!

"Oi, aqui é a Luciana. Deixe seu recado após o sinal."
Você é jovem ainda... vai aprender... *(Pausa)* Mas aceite um conselho, um só: ele não é nada disso que está mostrando pra você... *(Pausa)* No começo... quando a gente não conhece direito a outra pessoa... tudo são

maravilhas... Porque o outro só mostra o lado bom dele... mas... depois... Quando a gente começa a conviver... *(Pausa)* O dia-a-dia é fogo! *(Pausa)* O fedor de cigarro... a remela nos olhos... o mau humor... os problemas na firma... a encheção de saco dos filhos... dos parentes... a mãe dele! *(Pausa)* Aí você descobre que ele gosta de dormir cedo e que depois que ele deita ninguém pode mais fazer nem um barulhinho sequer que ele já fica histérico... Que ele odeia novela... Que ele odeia sair de casa... Que ninguém pode falar quando ele está vendo jogo do Palmeiras... Que todo sábado à tarde, é sagrado, ele tem encontro marcado com os amigos pra beber cerveja... jogar conversa fora... *(Pausa. A voz esgarçada)* Então... então você vai descobrir quem é... de verdade... a pessoa que... a pessoa que está dormindo com você...

26. Fraldas

O segurança, negro agigantado, espadaúdo, impecável dentro do terno preto, abordou discretamente o negro franzino, ossudo, camisa de malha branca surrada calça jeans imundo tênis de solado gasto que empurrava um carrinho-de-supermercado havia cerca de meia hora — cinco pacotes de fraldas descartáveis, uma lata de leite-ninho.

O segurança, negro agigantado, espadaúdo, impecável dentro do terno preto foi acionado pelo chefe, que, vigiando as câmaras espalhadas pelo hipermercado, notara que o negro franzino, ossudo, camisa de malha branca surrada calça jeans imundo tênis de solado gasto, falha nos dentes da frente, após enviesar-se por entre as gôndolas, no carrinho-de-supermercado dez pacotes de fraldas descartáveis, posicionou-se ao largo da fila do caixa, como a escolher, entre os clientes, alguém.

O segurança, negro agigantado, espadaúdo, impecável dentro do terno preto seguiu discretamente o negro franzino, ossudo, camisa de malha branca surrada calça jeans imundo tênis de solado gasto, falha nos dentes da frente: em intensas aritméticas, devolveu à gôndola três pacotes de fraldas descartáveis, pegou uma lata de leite-ninho, dirigiu o carrinho-de-supermercado até a fila do caixa-rápido, olhos farejando os labirintos.

O segurança, negro agigantado, espadaúdo, impecável dentro do terno preto estava certo do equívoco, ora!, suspeitar do negro franzino, ossudo, camisa de malha branca surrada calça jeans imundo tênis de solado gasto, falha nos dentes da frente, quando o observou, tomado por ideias, devolvendo a lata de leite-ninho, e, após, acariciando um conjunto de mamadeira+chuca+chupeta, o mais em conta. Olhos à sombra, depositou na gôndola de fraldas descartáveis dois pacotes, mãos suspirosas refazendo aritméticas, cenho franzido, em concha, dirigiu determinado o carrinho-de-supermercado rumo à fila do caixa-rápido. A meio caminho, meia volta. O conjunto de mamadeira+chuca+chupeta devolveu à gôndola, ao carrinho-de-supermercado reouve a lata de leite-ninho, aritméticas desfeitas, suarento, arremeteu para o caixa de "idosos, deficientes e gestantes", logo se veria longe daquela opressão no peito.

O segurança, negro agigantado, espadaúdo, impecável dentro do terno preto, abordou discretamente o negro franzino, ossudo, camisa de malha branca surrada calça jeans imundo tênis de solado gasto que empurrava um carrinho-de-supermercado havia cerca de meia hora — cinco pacotes de fraldas descartáveis, uma lata de leite-ninho. Assustado, o braço enforcado pela torquês educada, ouviu o sussurro entredentes, *Vem comigo... e nem um pio! Se fizer escândalo, te arrebento!* O chefe, *Otário! Um tempão de olho em você!*, comentou, espalmando, de passagem, os monitores das câmaras espalhadas pelo hipermercado, a caminho da pequena sala onde, de cueca, o cimento gelado, explicou, pelo amor de deus, que a mulher aguardava em casa, recém-parida, um menino, tinha nome ainda não, mas dependesse dele ia chamar Tiago, desempregado, correu atrás de empréstimo, mas hoje em dia!, só agiotagem, atinou ir ali, umas fraldas descartáveis no carrinho-de-supermercado, uma lata de leite-ninho, expor ao público a situação, alguém, quem sabe?, se disporia a pagar, coisa pouca, o dinheiro voltaria, nota sobre nota, assim que arrumasse colocação, isto é, em breve, mas, azar!, não tinha coragem, nunca isso na vida!, mendigar!, santo deus!, um momento difícil, sim, muito difícil. O chefe da segurança, sentado numa cadeira-giratória, falou para o negro agigantado, espadaúdo, impecável dentro do terno preto, *Tiro meu chapéu! Esse é dos bons!*, e discou o número da polícia. O negro franzino, ossudo, camisa de malha branca surrada calça jeans imundo tênis de solado gasto fora-de-si gritou que não era bandido impulsionou-se contra a porta contido por um murro na cabeça não havia comido ainda naquela terça-feira zonzo estatelou no chão, na zoeira a discursama, *Esse pessoal... sempre a mesma história... É tudo gente boa... Honesto... trabalhador... Sabe por que o desespero dele? Heim? É porque deve ter uma ficha destamanho na polícia... Olha, cara, se tem uma coisa que eu conheço é malandro... vagabundo... Conheço pelo cheiro... Se conheço!* E o negro agigantado, espadaúdo, impecável dentro do terno preto, num esgar, pensou, Puta-que-pariu!, o Souza é foda, mesmo!, caralho!, é foda mesmo!

27. O evangelista

Pardo, idade indefinida (um marco qualquer entre os vinte e os trinta anos), traja um terno azul-celeste, calça larga paletó comprido, camisa creme, gravata amarela salpicada de minúsculos peixinhos coloridos, o olhar simples dos que carregam nos bolsos verdades, como balas. Desce do trolebus, extraviado. Na esquina, engraxates da rua Barão de Paranapiacaba, bateia o local revelado em sonho. A seus olhos, caótica, a praça da Sé espicha-se, indolente. Sozinho, perfila-se à boca das escadas-rolantes que esganam as profundezas do metrô. À esquerda, salpicam os degraus da Catedral desempregados, bêbados, mendigos, drogados, meninos cheirando cola, fumando crack, batedores de carteira, batedores de celular, batedores de cabeça, aposentados, velhacos. As pernas trêmulas, fecha os olhos, *Onde, a inspiração divina?* Pouco tempo, o seu, logo as palavras se dispersarão, *Como falar a corações de pedra?* O couro preto que encaderna a Bíblia vaselina nas mãos inseguras. "Irmãos!", tropeça no burburinho, vozes, buzinas, motores, pregões, música. Aspira a fumaça dos canos de descarga. "Irmãos!", grita, alguns passantes viram-se, assustados, curiosos. "Irmãos!", repete, fatigado. "Muito... Muito caminhei... Muito caminhei até chegar aqui", *Auxilie-me nessa hora, Senhor. Faça nascer da minha boca a.* "Olho em volta... O que vejo?", *O que vejo?* "Vejo o sofrimento daqueles desenganados pela vida. Vejo a dor dos que já não veem mais saída para seus problemas. Vejo a desilusão dos que não têm passado... nem presente... nem futuro..." Um velho, olhos azulíssimos, ancora, atento. Um rapaz, a aba do boné na nuca, pastas de plástico transbordando do braço direito, observa, zombeteiro. "Você, irmão — e você, irmã — que está triste, angustiado, perdido... É a você que me dirijo... É a você que Jesus me enviou... para dar o testemunho da salvação." O suor banha toda a face do seu corpo. Turva, a vista conta quatro homens, três mulheres. O rapaz de boné de aba na nuca malemolente se vai, os ouvidos ligados a um walkman; os olhos azulíssimos mantêm-se de pé, varizes. *Senhor, eu sou fraco. Não me abandone, Senhor.* A camisa creme empapada, o nó da gravata o sufoca. "Irmãos, esse que agora vocês veem é um homem renascido, um homem resgatado do Inferno... um pobre ignorante que vivia nas Trevas... Eu, irmãos e irmãs, não conhecia Deus... Na minha cegueira, invejava os ricos! Sim, queria ser um deles! Carro bonito... roupa de marca... comer do bom e do melhor... sair com as mulheres mais cobiçadas... E... para isso... durante muito tempo... roubei... assaltei... e... até..." Zonzo, toca os limites do semicírculo, quinze?, vinte pessoas? "O que eu buscava, irmãos? Havia um vazio em mim... Saía com prostitutas, cheirava cocaína, bebia uísque importado... No dia seguinte, o que restava? Nada! Coisa alguma! E para preencher esse nada, fazia tudo de novo: roubava... assaltava... e..." *Afaste-me, Senhor, do pecado. Livra-me, Senhor, dessa prisão...* Deposita a Bíblia no assento de uma floreira às suas costas, e, dirigindo-se a uma senhora cabelos brancos, na mão esquerda uma criança que entre dezenas de pernas inquieta labirinta-se, pede, por obséquio, que segure, por um momento apenas, o seu paletó. Voltando ao centro da plateia, desabotoa os punhos da camisa, exibe os braços: em cada um, desde o ombro, descem, tatuadas, linhas paralelas, irregulares, que, na altura das mãos, se adeltam, caudais escorrendo para os dedos, como se, sobrepondo à pele, se insinuasse outra, mais escura, mais profunda, transformando débeis músculos em potentes garras aladas. Abotoa os punhos, veste o paletó, "obrigado, irmã", recupera a Bíblia. "Sim, irmãos, eu conheci a tortura... a humilhação... Eu vi a morte... nos olhos... das..." *Meu Deus... a dor... de novo... a dor... não vou... meu Deus...* "Um... monstro, irmãos! Um monstro... o que eu era." "Ai!, um monstro!", arremedam, em falsete, dois rapazes, que cruzam o ajuntamento, pasta-executiva nas mãos. "Mas... graças a Deus... Jesus... Jesus... me salvou. Me tirou do fundo do fundo do poço... para que eu divulgasse... a boa nova..." Um passante debocha, Aleluia!, irmão!, alguns riem. O monograma J cinza do lenço encarnado enxuga a testa úmida. "Irmãos!", troveja, de joelhos, braços estirados para a grimpa das árvores, grunhidos de um helicóptero, a mão direita brande a Bíblia, no rosto crispado para o Altíssimo

os olhos franzidos, sol do meio-dia, "Irmãos! Elevem o pensamento aos Céus... orem comigo... irmãos! Ó Senhor, eu... humilde servo... que nada sou, Senhor... pó que o simples sopro do vento aniquila... lhe peço... imploro... olhe pelos irmãos que sofrem nesse momento, Senhor... por aqueles que desesperados sobem ao último andar dos edifícios... por aqueles que sem esperança se refugiam na solidão... por aqueles que sem forças escravizam-se nas drogas... por aqueles que desempregados sucumbem... à tentação... por aqueles que perderam tudo... por aqueles que nunca tiveram nada... por aqueles invisíveis porque anônimos. Senhor, Senhor: livra-nos da guerra... que existe... dentro... dentro... dentro de... cada..." e as palavras engastalham-se-lhe nos dentes. E, súbito, um como que monolito esmaga seu peito
abafando a sinfonia da tarde
explodindo-a em blecautes
alguns segundos? minutos? um par de sapatos um par de tênis solas gastas aproximam-se bitucas folhas copos descartáveis pombos guardanapos palitos papéis de bala poça de mijo "Tudo bem aí?" "Tudo... Tudo bem..." levanta-se espana a calça o paletó o lenço descobre um filamento de sangue na calva capenga rumo ao largo de São Francisco arde o estômago lateja a cabeça *Senhor, não sou digno*

28. Negócio

Blindado, o Mercedes azul-marinho faz uma meia-parada em frente à Graduate School, fila dupla, de entre dezenas de uniformes um menino destaca-se, pula para dentro, aprisionada lá fora a histeria do preâmbulo da tarde — crianças algazarrentas, periquitos neuróticos, motores. Amarfanha o terno Armani cinza-chumbo do pai, que, desajeitado, acarinha a carapaça de finos cabelos pretos do filho, a encardida mochila aos pés.

— Não falei que vinha?

Haydn (Quarteto para Cordas em Sol, Opus 76, Nº 1) conduz o carro, uma bolha fria, dezoito graus, no desgoverno da hora do almoço.

— Parabéns!

E bate levemente a palma da mão direita na perna imberbe do menino,

— Doze anos! Sim, senhor... Doze anos!

incomoda-o o ar-condicionado.

— E a escola?

— Beleza...

— É isso aí... Não dá ir por outro caminho não?, ô Nakamura! Está tudo parado... Bom... Er... E está tudo certo pra festa sábado?

— Ahn-ham...

O vermelho do farol, observa-o pousado no vidro da janela do carro emparelhado. Assediada, a mulher agarra-se pânica ao volante, entrincheirada: uma velha se oferece buquê de rosas encarnadas; um rapaz martela o pregão de uma caixa de ferramentas; outro embala panos-de-prato, "bordados à mão"; um sujeito sua, nos ombros desfilando uma caixa de copos de água mineral; outro, ensonado bebê ao colo, exige esmolas; rodinho e balde em garras subnutridas disputam para-brisas; adolescentes coxas sorridentes impingem propagandas de imóveis.

— Bom, fala o pai, procurando o fiozinho da conversa rompido, Bom... E cantaram o "Parabéns pra você"? Heim? Ah, ah, ah... Bom... E... pra comemorar... sabe onde nós vamos? Só nós (**o celular toca**)

Saca o aparelho do bolso, volta-se constrangido para a janela, reconhece no visor o número que chama, ativa a secretária-eletrônica.

— E se a gente fosse comer um Big Mac?

— Um Big Mac?

— E então?

— A gente vai no McDonalds?

— Hum, hum!

— Yes! Yes!

O menino soca o ar, empoleira-se no pescoço do pai.

— Legal, paiê!

— E, depois... Nakamura, você guardou o... a surpresa... no lugar combinado? Guardou? Acho que você vai gostar...

— Conta, pai, conta!

— Adivinha...

Franze a testa.

— Guitarra? É uma guitarra? Heim?

— Nããão...

— Não? Então... então...

— É um negócio que você queria muito...

— Que eu queria muito? E não é guitarra? Hum...

— Pensa... pensa...

— Ah, o kart? É o kart? É o kart!

O celular toca novamente, saca o aparelho do bolso, volta-se constrangido para a janela, a grossa pulseira de ouro reconhece no visor o número que chama, o relógio Breitlig abafa a voz, "Agora não posso. Te ligo dentro de uns... (olha o filho, que freme os lábios antegozando a inveja em que arderiam os amigos) uns... cinco minutos, oquei?"

Enquanto o menino alinha-se na fila, "Não, não, só quero uns nuggets e uma Coca light", aciona o telefone, no estacionamento.

No batizado, arrastaram-no os sapatos para um canto da nave, à distância, amontoadas, as vozes dos padrinhos, parentes e convidados, adentrou uma minúscula capelinha, expostos os músculos dessangrados do Senhor Morto, a dor submersa no rosto, serenidade nenhuma, revolta, melancolia, regurgitações de uma difícil Vila Espanhola. Zonzo, arriado sobre o genuflexório, acedeu, tudo saberia, o pagãozinho, aos doze anos. Até lá, acreditava, acumularia entendimento, julgaria. Entretanto, observando-o por detrás da vidraça, a boca lambuzada, vermelho-ketchup, amarelo-mostarda, as certezas redemunham nos maios de vento. E se ele o condenasse? E se ele "não" o condenasse? Como explicar que... não se orgulhava... do seu... negócio... Não queria que passasse por "humilhações", piada dos noturnos colegas, o sono pendurado na carteira, exaurido após a jornada de bovinos e suínos cortes no açougue do tio; as mesmas pálpebras plúmbeas ainda nos corredores tortos da faculdade de direito, livros sacolejando dentro de ônibus. Tanto sacrifício, no final não desse uma guinada, teria encarnado mais um, como seus pais, que Deus os tenha, e como provavelmente seus filhos: zés-ninguém. Em portas de cadeias, "pessoas, contatos". Pequenos serviços, favores, quase — um revólver numeração raspada para um cliente — galgaram intermediação de armas contrabandeadas, Miami. Visionário, agora, nas linhas da palma macia de suas mãos, unhas bem tratadas, leem-se

portos, aeroportos, pistas de pouso clandestinas, pontes, rios, estradas por onde borbulham

pistolas Glock austríaca e Jericó israelense

submetralhadoras Uzi israelense e FM argentina

fuzis russos AK-47, austríacos Rugger 223, suíços Sig Sauer
rifles AR-15, M-16

Senta-se frente ao filho, nugget no molho barbecue, "E aí, está gostando?"

29. O Paraíso

Ao menino não agrada muito, mas, se lembra de há dois meses, é como se o Paraíso. Enrodilhado num ninho da rua Henrique Schaumann, a cara suja na sola dos coturnos da polícia, o peito tuberculoso no fio do estilete dos manos doidos de crack, aguardava os encapuzados que pisam manso e descem o porrete, os boyzinhos que encharcam de álcool e tacam fogo. Agora, estica-se num colchonete magro, lençóis limpos, cobertor asseado, travesseiro cheiroso. E se a escuridão devora seu sono, culpa têm as calçadas, porque, no apartamento, barulho ouve-se apenas o do pingapingar da torneira, na cozinha, tivesse um alicate, uma bucha nova. E se mais não come, culpa tem o jejuar antepassado, cola na parede do estômago, porque o Alemão bem que cuida, quentinhas no almoço, no jantar, sempre sobra. As paredes, o problema, não poder sair, um saco! Da porta para dentro, tudo: água gelada, televisão, aparelho-de-som, rádio (controle-remoto na mão, vai ser DJ quando crescer). Mas as horas não vencem: deita, levanta, mija, caga, come, programa infantil, desenho animado, jornal, come, vale-a-pena-ver-de-novo, sessão-da-tarde, as novelas todas, come, jornal-nacional, jogo, sessão-coruja, mija, caga, dorme. De vez em vez, o Alemão, amanhã tem trabalho, horas seguidas à disposição, isso o aborrece. O Alemão, Gunther. O telefone, cadeado, só recebe ligação. O interfone arrancou, o aparelho estraga, num canto esverdeado da pia. Às vezes, tranca-se no quarto mexendo no computador, o menino restrito à sala, à cozinha, que bem verdade é um armário embutido. E quando adverte amanhã tem trabalho chega com uns amigos e umas mulheres e umas meninas, nem peito ainda, cheiram cocaína, bebem, arrancam as roupas, os gringos fotografam, filmam elas se roçando, se lambendo, o Alemão e o menino mandam brasa, revezam-se,
o alemão falou tem retrato meu na internet qualquer dia mostra
diz-que deposita na caderneta de poupança a paga do trabalho diz-que

a mãozona estropia meu ombro quisesse poderia esfarelar minha cabeça aponta gringo aos amigos: a miséria
porém ficar preso ninguém gosta noite dessas se conseguir pôr o pé no parapeito da janela do andar de baixo pulo na marquise já calculei estou pensando

30. O velho contínuo

O velho contínuo, amarelo o branco-dos-olhos, abriu a torneira, encharcou as mãos grossas, ensaboou-as, e, esfregando-as vagarosamente, desatou a falar, não com o conhecido da pia ao lado, não com o motoboy que equilibrava-se no mictório, mas para quem, de todos os que se espremiam no banheiro fétido, se dispusesse a ouvi-lo
a patroa ligou há pouco... está um tiroteio danado lá na rua de casa... ela estava falando encolhidinha atrás do sofá que encostou na parede pra não ficar zumbindo bala perdida na cabeça dela... ligou preocupada, coitada... falou pra eu não aparecer lá hoje de terno-e-gravata... alguém pode me confundir... achar que sou delegado... eu pensei cá com meus botões, que besteira! eu lá tenho cara de delegado? mas, coitada, eu entendo... ela está certa... quê que eu vou fazer? vou pendurar o paletó na cadeira... enfio a gravata no bolso... largo aí... que mal faz? não vai sumir... amanhã torno a vestir... não custa nada agradar à patroa... ela está velha, coitada... e a gente...
Então o velho contínuo percebeu o desperdício de água, enxaguou as mãos, fechou constrangido a torneira, enxugou-as com a toalha de papel, saiu do banheiro, olhos chãos, o rio morto, os carros indiferentes, os prédios futuristas, a cortina escura do horizonte, *a velha, coitada*

31. Fé

ORAÇÃO A SANTO EXPEDITO
Festa 19 de abril. Comemora-se todo dia 19

Se você está com algum problema de difícil solução e precisa de ajuda urgente peça esta ajuda a Santo Expedito. Este santo é invocado nos negócios que demandam pronta solução e cuja invocação nunca é tardia.

Oração: Meu Santo Expedito das causas justas e urgentes, interceda por mim junto ao nosso senhor Jesus Cristo, socorre-me nesta hora de aflição e desespero. Vós que sois um santo guerreiro, vós que sois o santo dos aflitos, vós que sois o santo dos desesperados, vós que sois o santo das causas urgentes, proteja-me, ajuda-me, dai-me coragem e serenidade. Atenda ao meu pedido. *"Fazer o pedido"*. Meu Santo Expedito! Ajuda-me a superar estas horas difíceis, proteja-me de todos que possam me prejudicar, proteja minha família, atenda ao meu pedido com urgência.
Devolva-me a paz e a tranquilidade. Meu Santo Expedito! Serei grato pelo resto da minha vida e levarei seu nome a todos que têm fé. Muito obrigado. Rezar um Pai Nosso, uma Ave Maria e fazer o sinal da cruz.

Mandei imprimir e distribuí um milheiro destas orações em agradecimento e para propagar os benefícios do grande Santo Expedito. Mande você também imprimir imediatamente após o pedido.

Impresso na LFRS – Produções
Telefones: 3368-6096 e 3204-1744 – R$ 38,00 o milheiro
Entrega grátis em sua casa em todo o Brasil

32. Uma copa

O motor da geladeira Cônsul Contest 28 branco-gelo sacoleja o silêncio da copa. As paredes azuis, cor da roupa dos anjos, desdobram-se nas lajotas vermelhas de cerâmica, assentadas contra a vontade da dona da casa, que sai na agonia da madrugada para trabalhar, nunca viu os minúsculos cristais de poeira voejando suspensos no facho de raios vespertinos que rompem o vidro fosco trincado do basculhante.

Sobre a geladeira

uma batedeira Walita, de raro uso

um caderno universitário espiral (203 × 280 mm, 96 folhas, 1 matéria, 31 pautas): baila a Minie na capa; na primeira folha, letra caprichadíssima, *Caderno de Receitas*; o miolo virgem

Um ventilador Hiltec assopra o fim de século no relógio-de-parede Ferrari

Uma menina, cinco-seis anos, beicinho, assustada, 50 × 50 cm, preto e branco, vigia as formigas que escalam

a parede contrária:

Uma colher & um garfo, gesso pintado de preto, detalhes em vermelho; em branco, respectivamente: **Eu Você**

desmaiam sobre a mesa de metal, toalha branca rendada de plástico, tampo de ardósia, quatro cadeiras de metal vinho entrelaçam-na

Em prego

a Santa Ceia alto-relevo imitando ferro fundido engastada na madeira (25 × 40 cm)

um Renoir As Meninas manchado descolorido emoldurado em ripas

Uma poltrona, napa marrom

Um rack, madeira aglomerada castanha-clara, sustenta

um três-em-um Frahm

um toca-cedê Philips laser CD Player 165

um catálogo telefônico

um aparelho telefônico Ibratel

duas fotografias:

um menino, dois, três anos

enfiado

num macaquinho azul estampas amarelas

enfiado

numa roupa leão-da-Parmalat

um presépio de gesso, teto de sapé

Na gaveta:

um álbum de fotografias, Alpes Suíços

uma Bíblia tradução João Ferreira de Almeida

dois vasos de flores de plástico idênticos

dois vasos de flores desidratadas

No barzinho:

sidra doce Quinta das Macieiras

espumante Prestige

vinho fino branco Wein Zeller

sidra Cereser

vinho tinto de mesa fino Canção moscato suave

Contini vermuth bianco

scotch whisky White Horse (falsificado)

vinho branco de mesa Liebfraumilch

Discos (vinil):

Jairzinho & Simony

Só pra Contrariar

Cardume (Nenhum de nós)

Inimigos do Rei

... em algum lugar... (Roberto Leal)

O Dono do Mundo internacional

Grandes astros, Grandes sucessos

Na estante de madeira aglomerada castanho-avermelhada:

1 videocassete Panasonic NV-SD 435

1 aparelho de televisão Semivox

4 tulipas de chope Kaiser

1 jarra

1 pegador de gelo

5 taças de vidro de vinho

1 pato de gesso

1 vaso de louça com flores de plástico

1 cinzeiro de aço inoxidável

1 bandeja de aço inoxidável

Lembrança das bodas de prata
de Jacira e Haroldo
07/03/99

9 cedês:

Grupo Molejo – Não Quero Saber de Ti Ti Ti

Sambas de Enredo '98

Molejo – Brincadeira de Criança

Leandro & Leonardo – (um sonhador)

Banda Eva ao vivo

Raça Negra

Terra Samba ao Vivo e a Cores

Só pra Contrariar

Xuxa – Só Faltava Você

1 vidro de compota de laranja

33. A vida antes da morte

O velho mora de-favor no apartamento 205 junto com a mais-velha, desquitada, a neta adolescente, o caçula, agregado, rondando pelos trinta anos, pouco mais ou menos. Há outros filhos: vêm quando se ausenta a saúde, beijafloram o cubículo cevando o ódio, sapecam uma discussão ligeira, enroscam-se, bafejam-se, somem, não se dão, parece. Nas sombras emboloradas dos cantos do prédio arrasta as meias Kendall esgarçadas, despistando sua branqueza de costelas à mostra. A filha, trabalhadeira, sua para vingar o mês: engabela os credores adjuntando ao seu o salário-mínimo que o pai recebe da Previdência. Então, o velho, que se sabe um estorvo, alivia-se por ainda poder servir para pelo menos alguma coisa.

De quando em quando, chamada, a polícia acode o velho, o caçula, viciado, sem ter para comprar droga, torna-se briguento, arreliado, descabeçado de insensatez. Já surrou várias vezes o pai, uma de mandá-lo para a UTI. A mais-velha intercede, mas pode fazer o quê? Naquela vez, de raiva, soltou, na janela, uma a uma as mudas de roupa do irmão, que, planando, acabaram por pousar suaves no estacionamento do prédio. No retruco, ganhou no corpo várias manchas vermelhas de mertiolate, pontas de faca de cozinha que ele esculpiu, berrando Te pico todinha, piranha filha-da-puta!

A neta é boa, complicada, verdade, mas a idade, adolescência, assim é, tatuagens, piercings, roupa preta, coturno, cabelo colorido, um cigarro, outro, insolente. Sim, é um purgante o velho, com tudo implica, mas o volume do três-em-um estremece mesmo as paredes, o teto, o piso, incomoda os vizinhos todos. E é ousada, a peste. Se reclamam, cavalgando o parapeito da janela, grita, Chama a polícia!, babacas!, filhos-da-puta! porque, claro, radiopatrulha ali?, para resolver picuinha?, arrarrá! Justiça seja feita, no entanto, não é de todo desinteresse: foi vista, toda dengo, muleta do avô na direção do Bloco B, onde um solzinho chocho visita os-não-tenho-o-que-fazer, desparramados na jogatina, dama, buraco, truco, dominó, víspora. Mas, tem nervos ela. Já saiu no tapa, nem uma nem duas vezes, com a mãe, as duas atreladas no hall, um espetáculo! Outro dia, a senhora, óculos escuros arranhões no pescoço nos ombros marca de mordida nos braços o rosto congestionado: a vergonha; orgulhosa, a filha exibe manchas roxas como medalhas.

Despossuído, o velho encarcera seus dias no mofo do quarto que divide com o caçula. De cima do beliche, de bruços, avista as costas do Bloco C, um paredão amarelo descascado, moleques correm atrás de uma bola, andam de bicicleta, de skate, conversam, planejam, brigam, xingam, riem, ouvem música em enormes rádios-portáteis. E fumam fumam fumam.

Dia desses, demandou à porta, desajeitado, indagou, a dentadura folgada dentro da boca banguela, se eu tinha algum livro, um que falasse como é a vida depois da morte, os minguados cabelos brancos cheirando a naftalina. Estranhei, somos apenas bom-dia boa-tarde boa-noite, O senhor... o senhor é espírita? Os olhos amarelos procuraram refúgio nas mãos que estufavam um pedaço da flanela do pijama de riscas finas azuis e brancas fedendo a suor, Vamos entrar... Avançou dois passos, estacou, desembaralhei títulos na estante, "O Céu e o Inferno", Allan Kardec, estendi, folheou, É... acho que..., suspirou. Se o senhor gostar... Deu meia-volta, arrastou os tênis sujos enfiados nos pés esverdeados pelo corredor escuro...

34. Aquela mulher

aquela mulher que se arrasta espantalha por ruavenidas do morumbi cabelos assim espetados na imundície olhos assim perturbados pele ruça agitadas pernas braços assim machucados unhas pretas vestido esfrangalhado
aquela mulher que se arrasta espantalha por ruavenidas do morumbi fala desconforme baba escumando no entroncamento dos lábios murchos olhar esgotado mãos que pendulam arrítmicas pernas desaprumadas
aquela mulher que se arrasta espantalha por ruavenidas do morumbi inconveniente suplicando respostas exigindo febril irritada chorosa perguntas variantes insensas
aquela mulher que se arrasta espantalha por ruavenidas do morumbi ignorando ao relento se ratos ou baratas ignorando se chuva ou sol escorrem pela guia ignorando sapatos tênis havaianas polícia ignorando
aquela mulher que se arrasta espantalha por ruavenidas do morumbi não era assim

não
não era
:
virou assim um dia, deu horário, a filha de onze anos não chegou da escola, o rosto esbaforido na cozinha, mãe!, a noite, a madrugada, a colcha o lençol engomado, dia seguinte também não, nem no outro, nada nada nada e humilhou-se delegacias de polícia hospitais febens pronto-socorros IML perambulou o trajeto casa-escola-escola-casa questionadeira porta em porta pistas indícios intuições
até
uma noite
bateram à janela, estão chamando, o orelhão, correu, pernas embaraçando o coração, alguém... alguma informação...
talvez... ela? **Filha?**
do outro lado o pranto
o pânico
ouviu a voz **Filha? Onde... Onde está você? Filha! Onde?**
— ouviu vozes — silêncio
e de joelhos desabou na calçada a palma das mãos coleando o chão de palitos de fósforo e tampinhas de garrafa e escarros e pontas de cigarro e engatinhando perscrutou a voz
de onde vinha?
de onde?
e arrastou-se espantalha por becos e ruas
e cerraram janelas e portas de seu barraco
e em paraisópolis não apareceu mais nunca
mais
nunca
nem uma
nem outra

35. Tudo acaba

Luciano decúbito ventral sobre o colchão olhos cravados no teto de gesso rebaixado a televisão ligada desenho animado daqui a alguns anos o apartamento precisará de uma nova pintura as vigas terão de ser

reforçadas a água que se infiltra no teto do banheiro e que já provocou o rejunte dos ladrilhos se imiscuirá por entre as colunas os fios de eletricidade endurecerão provocando curtos-circuitos e o prédio condenado arruinado será tomado por sem-teto mendigos drogados malucos traficantes disputarão o ponto e tudo findará porque tudo acaba
e este quarto em que

Luciano decúbito ventral sobre o colchão olhos cravados no teto de gesso rebaixado a televisão ligada desenho animado estará em ruínas esgoto escorrendo pelas paredes carpete arrancado podre paredes pichadas janela suturada e se implantará o silêncio onde agora regem abafados carros e ônibus e sirenes de polícia de bombeiros e gritos e vozes e caminhões de gás e vendedores de frutas de verduras de pamonhas e moleques jogam futebol no asfalto quente e bebês choram em alguma janela e marido e mulher pais e filhos e babéis abafadas na televisão-a-cabo estranhezas filtradas do apartamento de cima móveis deslocados uma bolinha de gude percorre o corredor passos de madrugada telefones tocam e tocam celulares interfones ninguém apenas portas que batem que batem que batem portas

e nada nada disso restará nada o bairro se transformará em lugar ermo a morte sob cada poste de luz apagada em cada esquina botequins agachados meia-folha cada pardieiro cada sobrado cortiço cada gato cachorro cada saco de lixo e tudo terá sido em vão são paulo inteira decadência e todos a abandonarão e uma cidade-fantasma como as dos filmes de faroeste preto e branco que trazia da videolocadora sentado na cama comendo pipoca de micro-ondas e tomando Coca-Cola
surgirá

para que

tudo

se daqui a alguns milhares de anos a terra sucumbirá numa hecatombe deixará de girar fria inerte

e o sol se consumirá bola de hélio que devora o próprio estômago

para que

se tudo acaba

tudo

tudo se perde num átimo

o sujeito no farol se assusta

atira

e o cara sangrando sobre o volante o carro ligado
o povo puto atrás dele
ele
atrapalhando o trânsito
e o povo puto atrás dele
buzinando
buzinando
puto atrás dele

36. Leia o Salmo 38

leia o salmo 38
durante três dias seguidos
três vezes ao dia
faça dois pedidos difíceis
e um impossível
anuncie no terceiro dia
observe o que acontecerá no quarto dia

37. Festa

Idalina, como se necessário, calcou pé-ante-pé o quarto, embora indiferente fosse o silêncio, agora que nada mais sente a amiga, nada. Entretanto, assim entrou, no resguardo do respeito, evitando o esbarro nas coisas impregnadas do clarescuro — cinco horas lá fora, outra tarde empurrada esgoto abaixo, violetas agonizam em potes esturricados de margarina —: o lençol marinho improvisada cortina vaza claridões do sol insosso.

No minúsculo cômodo cheirando a doença expõem-se: sobre a mesinha-de-cabeceira um abajur de cúpula azul, o retrato de um bebê holocáustico, um copo-americano vazio, cartelas de remédio; os brancos braços magros de um Cristo de gesso contrastam com a verdescura parede úmida; um frágil guarda-roupa de compensado; um tapete de barbante espichado no chão de tacos banguela. E, sob rústicos lençóis de saco-de-estopa, abandonada, esqueleto espetando a pele cinzenta, rija, ela.

Idalina cumpria o último (o único) desejo da amiga: vinha maquiá-la. Tão vaidosa!, apresentar-se assim?, macérrima, agreste, ressequida, áspera, encovada, careca?, qual africanas imagens do Jornal Nacional? Não! Suspirosa, arredou uma banqueta para junto da cabeceira, ligou a luz do abajur (por que não abria a janela?, receio de ofender a vista agora inútil?), despejou o estojo sobre a cama. Havia apalavrado aquele desatino, toca a cumpri-lo. Conheciam-se desde os doze anos, no RG a mesma idade, em agosto vinte e nove anos, Leão ambas, ascendente em Virgem, ela, em Capricórnio, a amiga. Conheceram-se na sexta série noturna, no Rio Pequeno. Idalina coadjuvava a mãe na feitura de coxinhas, quibes, esfirras, rissoles, pasteizinhos, empadas que a amiga insistia para juntas entregarem em aniversários, casamentos, noivados, despedidas. Há sempre uma festa em algum lugar, na época impressionavam-se, e, à maneira, dela todos participam, achavam, os que bebendo e comendo se divertem, os que uniformizados passeiam bandejas entre vertedouros de convidados, os que salgadinhos e docinhos dispõem.

Quando crescer, ser médica, ajudar os semelhantes, anotava nas redações da escola. À chave, mantinha um diário, livreto de capa preta, uma vez, consentida, Idalina espiou, bobas aflições, alegriazinhas, bestas tristezas, miúdas ocorrências de gentes emboloradas do Jardim D'Abril, no batente o pai ao longe, a mãe próxima entretida na criação, seis irmãos mais, se estranhava com a mais-velha, também, todos nascidos antes, não lhe davam pelota, acercou-se de Idalina, os quitutes desculpa para estar juntas. Nem a diáspora da oitava série: mantiveram-se confidentes no curso de maquiagem do Senac. Idalina encarapitou-se num salão de beleza no Shopping Center Norte, arrumou-se pelos lados do Jardim Brasil. A amiga conheceu um rapaz no Sandália de Prata da rua dos Pinheiros — "Gostou dele? Não é um gato? Heim?" —, submergiu numa das milhares de lajes assentada sobre paredes sem reboco, Zona Leste.

Idalina arranjou-se no Soho da Vila Madalena, bom salário, gorda gorjeta, tempos em tempos captava novidades da amiga, a gravidez o bebê dois-quilos-e-seiscentos-gramas-quarenta-centímetros o marido canalha mulherengo gastador queimava na cocaína

o que ela ganhava de manicure pedicure cabeleireira nos fundos do barraco no Parque São Lucas o que ela ganhava de lavadeira e tomadeira de conta de criança

o que ela ganhava vendendo chupe-chupe no cingapura de Sapopemba

e enchia ela de porrada

instalado paxá no quarto más companhias

a polícia invadindo a casa, uma humilhação.

Quando o menino caiu perrenguezinho, piriri, no pronto-socorro, diarreia, diagnosticaram, na piora pulou de hospitais, madrugada-manhã-tarde-noite adentro, pneumonia, virose, gripe, até o exame de sangue

"Infelizmente..."

e... se... era... ela... provavelmente... também... soropositiva, desesperou-se pensando bobagens, mas, tão mal!, o menino, ao AZT nenhuma reação ao coquetel

poucos meses ainda durou.

E a todos os santos oficiou

santo expedito e santa rita de cassia

santo antoninho marmo e santa izildinha

pílulas do frei galvão

E a todos os credos abraçou

igreja universal e brasil para cristo

assembleia de deus e adventista

centro-espírita macumba candomblé

E a tudo mais recorreu

massagens

búzios

chá xarope garrafada

Raspou o fundo-do-tacho da caderneta de poupança, empenhou o apartamentinho, desmilinguiu-se especulando milagres, que, sabia, no Hospital Emílio Ribas nunca havia ocorrido, toda aquela companheirama, pobres-diabos, que tinha pegado o "bichinho", sucumbiam moscas pespeguentas. Rastreou Idalina, no recado suplicava queria ver ela de novo, nem que a última fosse.

De pena, Idalina procurou-a, coitada, largada, sozinha, o safado debandou à condenação do filho, logo ele, o senvergonho passador da doença, que deve andar por aí malogrando outras infelizes. Tentou localizar parentes: na Vila das Mercês, o irmão, dono de botequim, a expulsou aos berros, vexamento, "Pra mim ela morreu, aquela desgraçada, morreu!, está entendendo?"; em Francisco Morato, a irmã crente nem a deixou falar, "Entreguei pra Deus, minha filha, entreguei pra Deus"; em Jandira, a irmã diarista disse que estava se lixando, "Já tenho os meus próprios problemas"; a mais-velha e o caçula não localizou; outro irmão já se tinha ido desta.

Suspirosa, Idalina na pele cinza do rosto macilento o algodão desliza a base espalha o creme aviva o pó-compacto o blush os olhos sombreia de azul batom vermelho delineador lápis rímel
aos poucos a amiga, tão vaidosa, abduz dos doze anos a alegria menina que sonhava casar e ser médica "para ajudar os semelhantes".

38. A menina

Oito anos tem a menina, vivazes olhos betuminosos e duas longas tranças negras, penelopemente entrelaçadas pela mãe antes de ir para o serviço, nos primeiros barulhos do dia. Os cordames, grossos e crespos, fiam-se em duas largas fitas de cetim vermelho, que ela ostenta espigada.

Faltam carnes à menina, mas trata-se de uma magreza saudável, elegante. Quando caminha, seu pequeno corpo intuitivamente reconstrói o tempo à sua volta, ciente apossa-se da sua quadra no mundo.

Amorosa, apegada à mãe, coleciona para o pai palavras coloridas.

Companheira, lava a louça do café-da-manhã antes de pegar o ônibus que a deixa na escola, onde cursa a segunda série, vinte minutos espremida ao alcance dos olhos do motorista, que a conhece e protege.

A mãe tem trinta e dois anos e é muito engraçada. Costuma chegar no rabinho da tarde, novidadeira, sempre, escondida, uma história na bolsa. Diarista, remexe os nortes da cidade esvoaçante. Pois é só enfiar a chave na fechadura que a menina já pula da poltrona, agarra-se ao seu pescoço, Você trouxe alguma coisa pra mim?, os atores da novela bisbilhotando.

Antes de tomar a van até a estação do metrô da Vila Carrão, deixa pronto o almoço. A menina volta do colégio, esquenta a comida, senta-se em frente à televisão e cisca o prato, ruim de boca. Depois, rádio ligado, põe o tanquinho para bater, estende a roupa lavada no varal, pregadores cor-de-rosa beliscando a solidão do pequeno quintal cimentado. Passar é com a mãe, porque a menina ainda não consegue alisar as mudas, todas aquelas dobraduras, todos aqueles vincos...

O pai, emenda dias sem vê-lo. Técnico de aparelho-de-ar-condicionado, não tem hora para largar. A menina sabe, no entanto, que, no negror do quarto, ele aproxima os lábios de seu rosto, ajeita o cobertor, suspira. Aos domingos, fulgurante em seu melhor terno, a mãe enfeitada com seu mais caprichado coque, encaminham-se para o culto da igreja Deus é Amor, onde, junto a outras crianças, a menina especula sobre outras manhãs sepultadas na História Sagrada.

Em verdade, nem era para nascer, a menina. Por mais que tentassem, a mulher não pegava filho. Chegaram a se desentender, infelizes, mas exames revelaram que o sêmen do marido era "ralo". O pastor encomendou uma vigília, a graça alcançada, Louvado seja Deus! Gravidez de sobressaltos, repouso absoluto para segurar o bebê, sem o dinheirinho da mulher no fim do mês começaram a ausentar coisas do de-comer, nesse entremeio o marido, despedido, virou e revirou os cantos da cidade, nada, bicos apenas, até que um irmão da igreja acertou para companheirar ele na manutenção de aparelhos-de-ar-condicionado, sem salário fixo, só comissão, no começo apanhava, depois, desencabulou, dominava como ninguém o ofício. Afinal, veio a menina, setemezinha, encorpou na incubadora, linda, inteligente, amorosa, como a mamãe e o papai sempre visionaram, Sara e Abraão.

A menina canta no coral nos cultos de domingo à tarde. Já lê tão correntemente que o pastor, mesmo sabendo incorrer em falta, deixa ela subir ao púlpito e recitar trechos inteiros da Bíblia.

39. Regime

A tarde é o barulho de um ventilador-de-pé zurrando dentro de uma sala improvisada em araras de arame e prateleiras de metal empanturradas de peças de malha: maiôs, biquínis, calcinhas, camisas, camisetas, pijamas, cuecas, cueiros, chortes, bermudas, macaquinhos, casaquinhos, touquinhas, bonezinhos.

Ao fundo, sentada à mesa, que também é o caixa, a moça mastiga voluptuosamente o primeiro dos três cachorros-quentes que a mãe, vizinha, havia acabado de passar por cima do muro, e a patroa, largando momentaneamente a máquina-de-costura industrial, trouxera até ela, junto com uma latinha de Coca-Cola light.

Terça-feira, movimento fraquíssimo, quase dinheiro nenhum na gaveta, véspera de pagamento.

A moça, dezessete anos, proprietária já de indesejáveis estrias nas coxas, nos peitos, celulite na bunda, também! uma sede beduína por refrigerantes!, agora resolvera começar um regime daqueles!, passou dinheiro para uma colega, ela conhece uma farmácia em Itaquera que vende tarja-preta sem receita, mais caro sim, mas compensava a amolação, médico, consultório, exames, aquelas coisas.

O walkman esparrama-se sobre o amarelo-fosco aglomerado da mesa; os fios do fone-de-ouvido enlaçam o porta-durex; a tarde esfuziante mergulha, canetas Bic azuis sem tampa, na lata-calendário vinho. Dia que não vende nem uma peça, preocupa. Dona Sofia pensando em pôr fim ao negócio, só falta.

Chupando os dedos azuis perolados, a moça namora o segundo cachorro-quente, engole a Coca-Cola, que se esvai pelo canto da boca vermelha. Dependia da freguesia das redondezas, a comissão. Dona Sofia aprovava suas maneiras, nem mesmo sabia seu dom de convencer as pessoas. O preço é bom, a mantença, um absurdo! E olha que a coisa nem legalizada era! O marido, patrão, revira a rua Oriente, baratíssimo, e revende ali, São Miguel Paulista, por ignorância ou preguiça do pessoal, o Brás nem longe é...

O viralata sempre calçada inclinada abaixo capenga, defronte à loja estaca, coça as perebas, as pulgas, perto das três da tarde, sagrado, deita as costelas à porta, aguarda, olhos mendicantes, a sobra engolfa, famelicamente agradecido.

Largara o primeiro ano do secundário, ajudar em casa era a desculpa, o pai desempregado, a mãe, do lar. As coisas se aprumavam, no entanto, mickeys, donalds, minies, patetas, frajolas, piu-pius, mônicas, cebolinhas, cascões, magalis de plush, bolinhas de isopor, a mãe fazia, o Opala abarrotado do pai pelo interiorzão.

A irmã, lindíssima, vendedora numa loja chique no Shopping Aricanduva, toda pintada, roupa colada no corpo, sapatos finos, uma modelo, mal e mal a via, do trabalho corria direto para a faculdade, curso de publicidade, em casa aportava supertarde, isso, quando chegava, às vezes ligava, vou dormir na casa de uma amiga, metida!, achava-se o máximo!, o namorado trainee no hã! o cano do revólver na sua testa o rapaz voz engrolada *Enfia o dinheiro aqui, anda!* um saco plástico do Carrefour meio pão de cachorro-quente meia salsicha atravancando a língua o molho de tomate escorrendo vermelho pelo canto da boca vermelha a mão inútil sobre o tampo da mesa a gaveta fechada vazia hirta olhos esbugalhados *Enfia o dinheiro aqui, porra!* impaciente mãos estragadas trêmulas lábios insanguíneos gotas merejando na testa um latido inseguro *Vamos, porra!* a voz de alguém na cobertura a máquina-de-costura industrial se cala um ganido a falta de ar o gatilho plec

40. Onde estávamos há cem anos?

Na esquina com a rua Estados Unidos, o tráfego da avenida Rebouças estancou de vez. Henrique afrouxou a gravata, aumentou o volume do toca-cedê, Betty Carter ocupou todas as frinchas do Honda Civic estalando de novo, janelas cerradas, cidadela irresgatável, lá fora o mundo, calor, poluição, tensão, corre-corre. Meninos esfarrapados, imundos, escorrem água nos para-brisas dos carros, limpam-nos com um pequeno rodo, estendem as mãozinhas esmoleres, giletes escondidas entre os dedos, arranjos de estiletes em buquê de flores, cacos de vidro em mangas de camisa. Meninas esfarrapadas, imundas, carregam bebês alugados esfarrapados, imundos, dependurados nas escadeiras, inocentes coxas à mostra, cabelos presos em sonhos vaporosos. Mocinhas vestidas de torcida-organizada-de-futebol-americano espalham folders de lançamentos imobiliários. Rapazes encorpados vestidos de jogador-de-time-de-basquete-americano exibem revólveres sob um outdoor ***São Paulo – Miami Non Stop***, que encobre um pequeno prédio abandonado, onde gatos e crianças remelentos dormem ignorando a tarde que se oferece lúbrica.

(Sete e meia da noite e o sol ainda oprime os campos próximos a Milão que o trem rompe velozmente. Henrique e sua esposa dividem a cabina com um casal de velhinhos magros e sorridentes e um gordo e falante guarda-ferroviário de folga.
: E vocês? Estão vindo de onde?

: De Veneza.
: Veneza! Gostaram?
: Nossa! Muito!
: Vocês são... argentinos?
: Não! Brasileiros!
: Ah! Brasileiros! Se me permitem, o que vocês fazem por aqui?
: Vim conhecer a terra-natal do meu avô...
: Ah, o seu avô era da região?
: De Mira.
: Mira! Belo lugar! E vão para onde agora?
: Gênova.
: Gênova? Mas... Vocês têm parentes lá? Algum interesse especial?
: Não... É que... foi lá que meu avô tomou um navio pra Santos... pro Brasil...
: Ora, pelo amor de Deus! Então... Então vão a Gênova! Não, eu não vou deixar um casal tão simpático, um neto de um vêneto!, ir a Gênova...
: Mas... por quê?
: Por quê? Ora, porquê! Gênova é uma cidade feia, horrível, não tem nada lá pra se ver... Além do quê, os lígures... os lígures são todos ladrões... todos ladrões!

E, voltando-se para a velhinha, incentivou-a a dar sua opinião.
:É verdade... Os lígures... os lígures são todos ladrões...

E o velhinho, que antes informara ter estado em Roma servindo durante a Segunda Guerra Mundial, assoprou, baixinho:
: Só tem um lugar na Itália pior que Gênova...

E olhando a paisagem que borrava a janela, disse:
: Nápoles.)

)O vêneto Giácomo enamorou-se da napolitana Maria, numa festa no Brás. O avô tinha uma serralheria na Barra Funda e tudo o que ganhava despejava no colo de mulheres suspeitas e insuspeitas. Vivia alvoroçado escondendo-se de encomendas, de cobradores, de maridos. A avó sustentava a casa e os seis filhos lavando roupa, passando, costurando, fabricando embutidos. Antônio, o pai de Henrique, tornou a atividade de fim de semana da mãe em ofício do dia-a-dia e logo eram donos de um frigorífico, que galgou nome e cujo prédio nem um tijolo mais existe.(

(O português ajeitou-se na cadeira, tomou mais uma talagada de bagaceira, continuou:

: Não sei como ainda conseguem morar no Brasil. Não que possa reclamar do país, entendam-me bem, longe de mim!, mas foi-se o tempo em que se podia honestamente ganhar dinheiro lá... Eu me fiz acordando de madrugada e dormindo tarde da noite, porque nunca confiei em empregados... Era proprietário de uma pequena padaria: acreditam?, até um patrício que tentei ajudar me roubava!, o desgraçado!

A esposa de Henrique levantou-se, "Vou ao toalete", cochichou, e o português continuou:

: andei a comprar umas casinhas cá na aldeia... o governo português paga uns juros melhores para nós, imigrantes... de tal maneira que ao cabo de mais dois ou três anos mudo-me de vez... deixo lá com vocês, que são jovens, aquela bagunça dos diabos!)

)O avô materno, um bigodudo trasmontano, cabelos de azeviche amansados a Glostora, mãos lixentas enormes, um desengonço só, que desabava em lágrimas ao ouvir Amália Rodrigues, puxava carroça de casa em casa em Cangaíba, quando em Cangaíba o vento fazia curva, comprando antiquarias, vidro, ferro, chumbo, cobre, papel, móveis, tudo que não valesse mais nada. Ganhava a vida assim. A avó, bugra de não falar língua de gente, de se esconder debaixo da cama, ninguém sabia onde a haviam laçado. A mãe de Henrique nasceu desse desencontro.(

Quando se deu conta, o trânsito arrastava-se próximo da avenida Henrique Schaumann, uma viatura da Polícia Militar estacionada na calçada, vendedores de redes, vendedores de caixas de ferramentas, vendedores de flores, Betty Carter modulava as luzes amarelas que irrompiam do painel eletrônico gigante,

o farol verde

41. Táxi

O doutor tem algum itinerário de preferência? Não? Então vamos pelo caminho mais rápido. Que não é o mais curto, o senhor sabe. Aqui em São Paulo nem sempre o caminho mais curto é o mais rápido. A essa hora... cinco e quinze... a essa hora a cidade já está parando... as marginais, as ruas paralelas, as transversais, as avenidas, as alamedas, as ruas, as vielas, tudo, tudo entupido de carros e buzinas. Sabe que uma vez sonhei que a cidade parou? Parou mesmo, totalmente. Um engarrafamento imenso, um congestionamento-monstro, como nunca antes visto, e ninguém conseguia andar um centímetro que fosse... Parece coisa de cinema, não é não? Pois eu gosto. Gosto muito de assistir filme. Mas prefiro os antigos. De vez em quando reprisa um na televisão. Tinha uns atores danados de bons, Tyrone Power, Burt Lancaster... O meu preferido é o Victor Mature, conhece? Ele fazia o papel de Maciste, lembra? Era bom mesmo... Tem um retrato dele na parede da sala lá de casa. Bom, não é retrato, é uma fotografia de revista que a patroa recortou e mandou emoldurar. O senhor entende como é mulher... Ela sabia que eu era fã do Victor Mature e então pensou em me agradar... Me deu no aniversário... bastantes anos já. Pendurou na parede da sala... E eu lá tenho coragem de tirar? Tenho nada. O senhor teria? Uma vez, inclusive, eu estava sozinho em casa, joguei o retrato no chão, o vidro espatifou, falei que tinha sido ventania, ela acreditou, pensei que tinha livrado dele. Mas não é que na semana seguinte lá estava ele pendurado na parede, novinho em folha, o doutor acredita? Ela acha que me agrada, fazer o quê? As minhas filhas quando eram adolescentes — agora estão todas casadas, e bem casadas, graças a deus — morriam de vergonha do retrato, Pai, que coisa mais brega!, elas falavam. As amigas perguntavam se era algum parente, Quem é o gato?, indagavam. Acabei concordando, uma coisa ridícula! Falei com a patroa, ela disse, Quê isso, Claudionor!, Claudionor sou eu. Quê isso, Claudionor!, daqui a pouco elas vão embora de casa, ficamos só nós dois, velhos, você gosta do retrato, ele vai ficar lá... Bom, resultado: se o senhor um dia der o ar da graça lá em casa, vai ver o Victor Mature pendurado na parede da sala! E olha que a gente teve um cachorro, um fox terrier, que o filho-da-mãe não deixava pedra sobre pedra, entrava correndo pela porta da sala e saía voando pela porta da cozinha, o rabo estabanado derrubando tudo, vaso de flor, xaxim de samambaia, criança relienta, até uma lata de biscoito dinamarquês vazia, que ficava em cima do armário, o diabo conseguiu deitar ao chão, amassar. A velha amofinou, porque aquilo servia de cofre... Consertadeira de roupa, escondia lá o dinheirinho proveniente do alinhavo de uma barra-italiana, da pregação de botão numa camisa, do pence de uma calça, do cerzido de um rasgo... Mas, o doutor acredita?, o raio do retrato ele nunca derrubou! Quê que se vai fazer? Mas, voltando, cinema pra mim é o antigo. Filme de hoje é uma sangreira desatada... É só pescoção... Cada cena, com licença da palavra, tem alguém trepando! É impressionante! O senhor vai na locadora de vídeo e tem uma prateleira lá só de filme de sacanagem. Cada um de arrepiar! Mulher com mulher, mulher com cavalo, com cavalo sim senhor!, mulher com cachorro, mulher com um monte de homem, cruz credo! Eu sei porque, cá entre nós, todo mundo é cristão e uma vez que a patroa foi pro litoral, na casa do meu genro, eu aluguei um desses... Nem consegui chegar no final, tanta esculhambação. Aquilo é coisa de doente, não é não? Pode alguém sentir alguma coisa com aquela nojeira? O sujeito tem que ter algum desvio, pelo amor de deus! Foi a primeira e única vez que peguei um troço daqueles. Agora, quando a velha desce pro litoral, acompanho ela. A casa que o meu genro fez lá na Praia Grande é boa, espaçosa, colada na praia. E saber que ele construiu ela praticamente sozinho! Ele trabalha de operador de offset no Estadão e ainda quando era solteiro comprou o terreno. Na época, havia galinha na rua, o senhor acredita? Galinha! Como não tinha dinheiro, ele murou a posse e foi aos pouquinhos chumbando a base, levantando as paredes... Quando ficou noivo da Maria Lúcia, acelerou. Descia todo fim de semana. Cada detalhe lá tem o gosto dele: dos cacos de vidro no alto do muro ao telhado-colonial, do piso de ardósia à cor dos azulejos do banheiro. Um capricho que só vendo! E, ô rapaz decente sô! Não é porque está bem de vida que esqueceu dos outros. A casa não é dele, é dos parentes: concunhados, cunhados, sogros, amigos, pais, irmãos... Todo fim de semana tem gente lá queimando uma carninha na churrasqueira. Tudo na mais santa paz. Não tem erro: pode descer qualquer sábado, que tem gente lá. As famílias são muito unidas. O que foi até bom, porque as famílias minha e da minha patroa já não são assim. Saí de casa muito cedo, menino ainda. Desci do norte de pau-de-arara. Se o senhor soubesse o que era aquilo... Um caminhão velho, lonado, umas tábuas atravessadas na carroceria servindo de assento, a matula no bornal, rapadura e farinha, dias e dias de viagem, meu deus do céu! Mas posso reclamar não. São Paulo, uma mãe pra mim. Logo que cheguei arrumei serviço, fui trabalhar de faxineiro numa autopeças em Santo André. Depois fui subindo de vida, porque aqui antigamente era assim, quem gostasse de trabalhar tinha tudo, ao contrário de hoje, que até dá pena, não tem emprego pra ninguém. Eu mesmo, que tenho uns restos de idade pra gastar ainda, já aposentei, ainda tenho que pegar o bico à unha, porque ninguém valoriza velho. Nem jovem que não tiver carteira-assinada, experiência. E ninguém dá chance! Como é que esses meninos podem ter experiência se não conseguem nunca o raio do primeiro emprego? Naquela época estavam tão precisados de braços pra trabalhar que a gente mal descia do pau-de-arara e já garantia serviço. Eles mesmo ensinavam o ofício. Eu cheguei a ter dinheiro. Mais de uma vez levei a patroa pra conhecer meu chão, Nossa Senhora das Dores, interior do Sergipe, o senhor não deve de ter ouvido falar. Uma vez carreguei a família inteira, seis enfiados no fuscão zerinho que tinha acabado de comprar. Pegamos o estradão, a Rio-Bahia, fomos embora, as meninas já grandinhas, a patroa passando mal, verde, sempre foi assim, é só entrar no carro que já começa. Agora aprendeu um truque, vai cheirando limão-galego, daqui no litoral aguenta bem, mas naquela época, um pandemônio, eta viagem empesteada! As meninas nunca mais voltaram lá... Eu fico triste, não vou mentir pro senhor não. Afinal, é a terra da gente. Mas eu entendo. Não sou ignorante não. Elas não têm nada a ver com aquele buraco lá. Pra falar a verdade, nem eu tenho mais a ver com aquilo. A maioria dos meus colegas de infância, do pessoal que eu conhecia, não mora mais lá. Os velhos morreram todos. A única coisa que resta é a memória da gente, mas o quê que é a memória da gente? Voltamos naquela viagem pela BR-101, as meninas, claro, adoraram, porque viemos costeando o mar, paramos em Guarapari, lá tem uma areia preta muito boa pra reumatismo, a patroa tinha umas dores nas juntas, que não passavam nem com infiltração, aí ela se cobria de areia, só a cara pra fora... E como eu não tinha nada pra fazer, zarpava prum botequim. A Maria Perpétua, a mais velha, já tinha idade pra tomar conta dos irmãos, aí eu sentava na beira da praia, feito lorde, uma garrafa de cerveja, um pratinho de peixe frito no fubá, e ficava bestando o mulherio de biquíni que cruzava a minha frente. Naquela época eu era meio sem-vergonha. Bode novo, bonitão, conversador... Não tinha semana que eu não saísse com mulher diferente. E não estou falando de zinha paga não, porque disso eu nunca gostei. Mulher que quiser sair comigo, até hoje, tem que ser desinteressada, se não, vou confessar uma coisa, eu não consigo. Com licença da palavra, eu brocho. Naquela época eu conseguia tirar férias de trinta dias, estava estabelecido, já tinha casa na Vila Nova Cachoeirinha, os filhos por criar mas encaminhados, a mais velha, a Maria Perpétua, fazendo curso de professora.... Aí eu caí na besteira... na tentação... Fui despedido da firma onde trabalhava e resolvi usar o dinheiro do fundo-de-garantia pra abrir uma lojinha de jogos eletrônicos na garagem... O senhor não vai acreditar... Penso que essas coisas não são abençoadas, não adianta... Pra transformar a garagem na loja tive que deixar o carro na rua. Não tinha seguro, uma trava de ferro soldava o volante na aflição... E não é que a lojinha virou ponto de tráfico de droga, me roubaram o carro e fui à falência! Em dois tempos, eu tive de me virar, começar tudo de novo... Fui ser motorista de ônibus, juntei uns trocados, os genros me ajudaram, comprei uma licença de táxi, não era essa não, era outra, de um ponto lá no Belém, depois consegui um lugar na Lapa, um ponto muito bom... Mas lá em casa tem duas gerações, uma, a das duas meninas mais velhas, a Maria Perpétua e a Maria do Carmo, que pegaram a fase mais boa, estudaram, se formaram, a Maria do Carmo é até doutora-advogada, tem escritório, junto com um sócio, lá no Horto, é solteira, está bem de vida, tem um ótimo apartamento lá por perto mesmo, já foi até pro estrangeiro, o senhor acredita? Ela é viajadeira, conhece até navio, acho que me puxou, essa coisa de ser atirada... Ela me deu uma fotografia dela na neve, na Bolívia, eu só acho ela meio triste, nunca quis casar, acho que foi alguma decepção amorosa, sei não... A minha patroa tem uma prima que quando descobriu que o marido tinha outra família, mulher e três filhos, parou de comer, de beber, de andar, de tudo, virou folhagem, morreu à míngua. O caso da Maria do Carmo é outro, ela sempre foi muito fechada, muito reservada, de tal maneira que nunca ficamos sabendo por que que ela escolheu esse caminho... A Maria Perpétua formou pra professora, casou, mora no Campo Limpo, dá aula numa escola municipal, está bem de vida, graças a deus, o marido é negociante, gente boa, meio malandrão, mas nesse meio de berganha quem não é vivo não tem futuro, o senhor não concorda?, tem que ser. Mas os outros dois filhos pegaram a fase ruim, a Maria Lúcia e o Pedro já não foram tão longe assim nos estudos... Mas graças a deus isso não obstaculou que ficassem bem. A Maria Lúcia é a mulher do meu genro que tem casa em Praia Grande, ela é do-lar, estudou só até o ginasial, mas está até melhor de vida do que as irmãs. O Pedro tem uma barraquinha de feira, vende banana — o senhor sabe que isso de vender banana em feira é até um bom negócio? O Pedro está bem, tem uma casinha boa, dá aos filhos do bom e do melhor, apesar de exigir, o mais velho tem treze anos e nos fins de semana acorda de madrugada pra ajudar o pai. Esse menino é danado de inteligente, outro dia... Ah, chegou... Outro dia ganhou um concurso na escola... Não, não, é o que está no taxímetro, nem um centavo a mais... Comigo é assim. Tem colega na praça que cobra taxa, cinquenta por cento a mais se o passageiro for gringo, vinte por cento a mais se desconfia que o passageiro não é da cidade... Isso pra mim tem nome: desonestidade. Eu não, cobro o que está no taxímetro... Mas, só pra concluir, esse menino, meu neto, o João Paulo, ganhou outro dia uma olimpíada de matemática, o senhor acredita? Olha, vou deixar um cartão pro senhor, esse aqui é o número do celular, se precisar, é só chamar: Claudionor, a seu dispor. Muito obrigado e boa viagem. Até a volta!

42. Na ponta do dedo (2)

ALEMÃO – 64 anos, 1,77 m, 56 kg, cabelos loiros, olhos azuis, branco. Aposentado, gosta de viajar. Deseja se corresponder com mulheres morenas.
AMOR QUASE PERFEITO – Se você acredita que nada somos sem o olhar – o amor – do outro... Até 30 anos, mais ou menos 75 kg, 1,75 m de altura, não goste do meio, másculo, afetuoso, não fumante, bom nível, bonito. Eu, maduro, especial.
ANA KAZUE – 40 anos, gostaria de conhecer um esposo simpático.
CLAUDINEI – Moreno, 33 anos, 1,71 m, 74 kg, cabelos e olhos castanhos. Motorista. Deseja se corresponder com loira de 18 a 30 anos para compromisso sério. Pede carta com foto ou telefone.
IVONETE – Branca, 22 anos, 1,75 m, 68 kg, cabelos e olhos castanhos. Técnica em nutrição, fumante, sincera e carinhosa. Deseja se corresponder com homens acima de 25 anos, solteiros.

LÍLIAN – Branca, 19 anos, 1,58 m, 48 kg, cabelos e olhos castanhos. Estudante, pisciana, meiga e carinhosa. Deseja se corresponder com homens de 19 a 25 anos, brancos, de signos da água (Peixes, Câncer e Escorpião).

MARIA APARECIDA – Parda, 28 anos, 1,76 m, 67 kg, cabelos e olhos castanhos. Secretária, solteira, sem filhos, adora ler. Gosta de quadros, boa conversa e viagens. Deseja conhecer homens cultos, entre 30 e 40 anos, acima de 1,76 m, solteiros ou descasados, bem resolvidos e íntegros. Dá preferência a europeus.

MORENA – Bonita, meiga, delicada. Nível superior, amante das Artes, procura mulher com as mesmas características para curtir momentos de descontração, sem envolvimento.

NEIDE NASCIMENTO – Branca, 39 anos, 1,60 m, 58 kg, cabelos e olhos castanhos. Técnica administrativa e professora primária. Gosta de pessoas objetivas. Deseja se corresponder com homens de 35 anos em diante, de cabeça feita, tipo o homem de antigamente.

NEREU PINTO DA SILVA – Negro, 40 anos, 1,60 m, 50 kg, cabelos e olhos negros. Liberal, escritor esotérico. Deseja se corresponder com mulher de bom nível cultural e social.

NESTOR – Branco, 67 anos, 1,80 m, 84 kg, cabelos e olhos castanhos. Assistente social. Deseja se corresponder com pessoas de ambos os sexos de todo o Brasil, que gostem de assuntos variados, viagens, serviço social, jornais, revistas e vídeos.

NISSEI – Nível superior, de bem com a vida, busca você, magra, bonita, independente, estabilizada.

RAIMUNDO N.S. – Moreno-claro, 35 anos, 1,72 m, 80 kg, cabelos e olhos castanhos. Gráfico, simples, carinhoso e romântico. Deseja se corresponder com mulheres entre 25 e 35 anos, carinhosas e românticas.

SOZINHO – Homem branco, 34 anos, 1,65 m, 62 kg, cabelos pretos, olhos castanhos, comerciante. Deseja se corresponder com moça branca, baixinha, carinhosa e sem vícios.

WALESKA – busca apenas amizade.

43. Gaavá (Orgulho)

Agora, é ruiva. Mas já os teve roxo, laranja, vermelho e houve mesmo momentos em que difícil distinguir os fios matizados de seus cabelos. No entanto, bela, sempre. Uma tatuagem, um desenho "tribal", enfeita as costas, quase na altura do cóccix. A narina direita ostenta um discretíssimo piercing, uma minúscula gota brilhante, exacerbando o perfeito nariz. Fanny, seu nome. Ar de madona adolescente — a safada inocência... a angelical devassidão... —, voz e cérebro da garage band The Naked Snake, o nome, sugestão do pai, Bernardo, engenheiro--calculista, beatlemaníaco (membro do fã-clube Revolution), leitor voraz da "sublime tradição" da literatura judaico-americana (Norman Mailer, Bernard Malamud, Saul Bellow, Philip Roth, Isaac Bashevis Singer, J. D. Salinger). Jovem, sonhou largar tudo, cair na estrada, arrastar centenas de garotas histéricas para clubes sociais de cidadezinhas do interior, cabelos longos, roupas psicodélicas, maconha e ácido lisérgico, quem sabe gravar discos, estourar nas paradas-de-sucesso, tornar-se famoso, enriquecer... Entretanto, na faculdade de engenharia namorou ativamente a política estudantil, e nos Estados Unidos especializou-se em cálculo de grandes estruturas. Casou-se, desquitou-se, divorciou-se...

Fanny compõe as músicas da banda. Chega do colégio, almoça, toma um banho, tranca-se no quarto, as horas escorrendo lêsmicas pelas paredes, os raios de sol deslizando sem pressa por sobre a copa das árvores da avenida Higienópolis, a solidão do cigarro consumindo--se no cinzeiro, a lata de Coca-Cola light suando no chão de carpete de madeira, a barra de chocolate deformando-se sobre a cama desarrumada, o violão no aconchego dos braços, as unhas bem tratadas sem esmalte arranham as cordas, blem-blom, blem-blom, o olhar vaga por espelhos-labirintos, jardins que se bifurcam, corredores inundados, os elegantes dedos longos anotam versos, em inglês, que caem como folhas secas nas páginas virgens de um caderno escolar. Depois, ia no escritório do pai para, juntos, "traduzirem" termos e expressões "típicos" do Alumni para uma linguagem "chula" e "errada" das ruas de São Francisco e Nova York, para a gíria despudorada presente nos encartes dos cedês de trash music — para horror de Raquel, a mãe, uma "purista" formada pela Cultura Inglesa.

Os pais, cada um a seu modo, a incentivavam. Desde criança, nas festinhas de aniversário, Bernardo montava um palquinho improvisado num bufê da rua da Bahia e, com a ajuda de um sofisticado aparelho de karaokê, contrabandeado de Miami, Fanny apresentava-se, imitando seus ídolos, um show! Antes, três anos, no bat-mitzvá, bateu pé, ganhou, em vez de um baile no salão nobre d'A Hebraica, a estreia de sua banda num barzinho do Paraíso, entusiástico apoio do pai, suspiro conformado de Raquel. A mãe lembrava sempre a Bernardo que, por morarem sozinhas, era a ela que sobrava encarnar o papel de vilã, pegar no pé da Fanny para saber das aulas, das provas, dos amigos, revirar a bolsa à procura de drogas, de camisinhas, remexer o armário em busca de um diário que pudesse indicar como caminhava pela senda do mundo... Isso cansa, dizia. Bernardo ouvia atento e comentava, Raquel, você não acha que já está na hora da Fanny gravar um cedê-demo? Ah, vai à merda, Bernardo, e, virando-se, deixava-o, aritmético, Tem um estúdio na Vila Madalena, se a gente ensaiar tudo antes, chegar lá com tudo em cima, hum, acho, especulava, cofiando a barba.

Fanny é uma artista. Toca bem a guitarra, não dá vexame na bateria, tira música de ouvido. No palco, narcotiza: suas botas pretas de cano alto encruzilham as penugens loiras das coxas bem torneadas, a minissaia de couro preta insinua uma vênus calipígia, as asas negras da blusa terminam em garras fesceninas, os cabelos, agora ruivos, espalham-se selvagens pelos ombros, a voz rascante, janisjopliniana. Bernardo pensa em largar tudo, dedicar-se full time à carreira da menina. Som!, Som!, Alô!, Alô!, Som!, Som!, A!, A!, Alô!, Um!, Dois!, Um!, Dois! Um! Som!

44. Trabalho

Todo dia às cinco horas da tarde toma rumo de casa, no Boi Malhado, a pé, porque nem trocado pra passagem do ônibus tem. Já acompanhou uma montoeira de curso, Senac, Senai, Central do Trabalhador, nenhum asfaltou estrada prum bom emprego. Tudo, mero pretexto para a consentida escravidão, oito horas de suador diário, uma merreca no fim do mês, ô!, preferível a atoíce, ao menos pagar não paga pra trampar. E vagueia para a casa do sogro, onde se empilham, três anos já, num quartículo, cama de casal, penteadeira, guarda-roupa, bercinho, sufoco danado, mas não é de-favor que moram não, têm orgulho, ara!, a mulher dirige a perua-escolar que o pai pôs pra rodar, clandestina, sim, fosse regularizar!, primeiro tocava engordar caixa, depois, a parte do governo, simpatizava com a compreensão das escolinhas, ia-se vivendo. Semana antes entornou, pruque a caçula emergiu esperando-filho, solteira, fechou o tempo, o sogro berrou que obrigação dele é com criação dos seus, não de netos, mas a sogra ralha, sangue do meu sangue fica na rua não e ponto final. O cristo é mesmo o genro: motivador de piadas, desabonado na frente das vizinhanças, o que em-antes cochichos, hehehes entreparedes, desavessou em escâncaro, o viralata nem mais cheira ele, ignorante. Agora, se enrascou deveras: enquizilada, a patroa tirou a limpo que é devedor de toda a imediação, botequim, padaria, lojinha, mercadinho, dividazinhas chués, coisa nada, mas, mulher!, de castigo regula a mixaria cotidiana, de tal maneira que toma café tarde pra economizar no almoço e sai à cata do centro, a pé, pra poder comprar cigarro, porque necessidade de boca aguenta passar, andar ajuda na circulação, mas sem cigarro é capaz de matar até. Aos domingos, quando a cunhadaria e os maridos e mulheres e os filhos e filhas achegam manhã acordando, rouba uns trocados da bolsa da esposa e sai de fininho, o dia inteiro bundando no Parque Ibirapuera, deitado na grama olhando o jato d'água em frente à Assembleia Legislativa, nuvens que se formam e se desmancham, à espera de que o dia se desmorone e que tudo

45. Vista parcial da cidade

são paulo relâmpagos
(são paulo é o lá-fora? é o aqui-dentro?)

de pé a paisagem que murcha
a velha rente à janela
rosto rugas bolsa de náilon desmaiada no colo dentro coisas enroladas em jornais vestido branco bolinhas pretas sandália de plástico fustigando o joanete cabelos grisalhos olhos assustados nunca se acostumará ao trânsito à correria ao barulho *a corda canta na roldana o balde traz água salobra pouca o silêncio das vacas mugindo a secura crestada entre os dedos do pé*

a adolescente rente ao corredor
madorna desordenados fascículos de cursinho pré-vestibular derramam-se pelos braços vez em vez escorrega para os lados da velha sobressaltada se desculpa
(ajeita-se ainda mais para o canto)

tenta impossíveis olhos abertos acorda cedo meio-expediente no balcão de uma agência de viagens o cursinho fim de tarde volta hora e meia de ônibus a mãe pergunta minha filha tanto sacrifício vale a pena?

e migalhas de seus sonhos esparramam-se sobre os ombros da velha

de pé atrás um homem mão enganchada na alça

mão enganchada na bolsa (uniforme, marmita, escova e pasta de dente, pente, um gibi) pendula o corpanzil pálpebras semifechadas (semiabertas?) cansado suado contas para pagar prestações atrasadas o corpo

para a frente

e

para trás

outro ferrabrás poucos amigos
tenta adivinhar a toda hora aonde
abaixa-se o rosto entre braços e sovacos
tenta reconhecer aonde
neófito
nós dormimos roncamos até
quando se aproxima o ponto uma campainha soa dentro da cabeça súbito aperta o botão

sacolejando pela avenida Rebouças
o farol abre e fecha
carros e carros
mendigos vendedores meninos meninas
carros e carros
assaltantes ladrões prostitutas traficantes
carros e carros
mais um dia
terça-feira
fim de semana longe
as luzes dos postes dos carros dos painéis eletrônicos dos ônibus
e tudo tem a cor cansada
e os corpos mais cansados
mais cansados
a batata das minhas pernas dói minha cabeça dói e

46. O prefeito não gosta que lhe olhem nos olhos

Isso ficamos sabendo logo no primeiro dia. O doutor Abdala, chefe do cerimonial, reuniu o pessoal da copa e avisou, Não vai ter perseguição não, eu garanto. "Ele" (quando o doutor Abdala falava "Ele", imediatamente olhava pra cima, e nós também, como se o prefeito estivesse observando a gente) "Ele" sabe que nem todos votaram nele. E daí? O que importa é o trabalho! É o que cada um sabe fazer de melhor. Portanto, não se preocupem, ninguém vai forçar ninguém a ir embora. Os que não se encaixarem nas novas normas serão transferidos. E só. E, simpaticão, continuou a discursama, chamando nós de "colega", batendo no ombro de um e de outro, explicando tintim por tintim as mudanças que "Ele" ia fazer na cidade, politicou, quando nem precisava, o homem já estava eleito mesmo, e falou que o prefeito era um sujeito legal, que ia acabar com a roubalheira, ia fazer uma administração voltada pros mais carentes, e que o prefeito e os funcionários da municipalidade, disse, éramos tudo uma coisa só e explicou finalmente do quê que o prefeito gostava e do que não gostava: que o café tinha que ser muito quente, pelando, nunca requentado, "Nunca!, entendido?", com cinco gotas de adoçante Assugril, não se esqueçam, "Ele morre de medo de engordar!"; às vezes "Ele" tem uma dor de cabeça terrível, e nesses casos duas Neosaldinas, um copo de água fresca, "Vejam bem, fresca!, não gelada, fresca!"; a hora do almoço é sagrada, uma e meia da tarde, nem um minuto a mais, que isso deixa ele furioso; de sobremesa, uma fatia de abacaxi gelado, sem caroço, dividido em seis partes iguais, "Entenderam?, seis partes iguais! Meçam, se for preciso, mas as partes têm de ser rigorosamente iguais!", e acompanhando o prato apenas um guardanapo, "Um!", um garfo, uma faca; à tarde, o prefeito toma um lanchinho às quatro e meia, recomendação médica, problemas de gastrite, um comprimido de ranitidina com um gole de água... "... Fresca!, isso mesmo!", uma bolacha de água-e-sal com chá, "Mas, pelo amor de deus, chá preto nunca!, entenderam?, chá preto nunca!", ervas naturais nacionais, erva-doce de preferência; quando "Ele" tiver de ficar até tarde no gabinete, deve mastigar alguma coisa antes do jantar, que não acontece antes das nove da noite, mas com esse vocês não precisam se preocupar, porque geralmente a última refeição "Ele" faz em restaurante, decisões ainda por tomar, algo ainda pra discutir, "O prefeito atende pelo nome de trabalho", "Ele" é desses sujeitos que gostam de tudo direito, preto-no-branco, "Então, amigos... Então, colegas: nada de fofoquinhas pelos corredores! Ao trabalho! Ao trabalho!" Por isso é esquisito esse falatório todo, esse tititi, que "Ele" tem conta no exterior, que "Ele" comprou um apartamento triplex nos Jardins, que "Ele" é o chefe da quadrilha que roubava os cofres da Prefeitura... Pra mim, "Ele" é igual a todos os outros que passaram por aqui. E a mulher dele, dona Janice, é uma ótima pessoa. Veio aqui uma vez ver como o marido dela é tratado, gostou muito, comentou comigo até. Na época, o Vaguinho estava desempregado, falei, a senhora me desculpe, mas, já que deu liberdade, será que não arruma uma colocação pro meu afilhado, menino bom, trabalhador, mas não consegue emprego em lugar nenhum, por causa de que só tem o primário, coitado, Vamos ver, ela falou, e pediu pra assessora dela, doutora Andreza, anotar meu nome e a solicitação. Passou tempos, já tinha até entregue a Deus, quando me chamaram no telefone, o chefe de gabinete da Administração Regional do Campo Limpo falou pro Vaguinho se apresentar, "munido da carteira-de-trabalho", no dia seguinte. Agora, está feliz da vida, todo mundo respeita ele: é o encarregado de conduzir o povo pra lá e pra cá pra bater palmas e na hora certa gritar o nome do prefeito e carregar "Ele" nas costas em troca de lanche com refresco e mais uma caixinha, cujo valor depende do dia e da importância do negócio. O Vaguinho, que é assim uma espécie de segurança, já esteve várias vezes perto-pertinho do prefeito e confirmou: é proibidíssimo olhar pros olhos dele.

47. O "Crânio"

lá da comunidade o crânio é o sujeito mais que esquisito
mas por isso mesmo o mais querido
ele tem dezesseis anos quase um metro e setenta e cinco uns noventa [quilos
é preto que nem a água preta que escorre no meio dos barracos
os dentes brancos e bons como os de ninguém
e principalmente ele é meu irmão
embora eu seja moreno puxado pro mulato baixo e faltando dentes
e tinha outro dos nossos mais pro louro sarará

que até era esse o apelido dele sarará
e que já foi pipocado numa parada errada quando ainda de-menor
é que nossa mãe juntou várias vezes e tinha paciência nenhuma
com macho algum filho-da-puta que queria bater nela
trabalhadeira ganhava o próprio sustento
nunca precisou de homem não nossa mãe
todos eles dançaram por aí na mão dos meganhas
dos vagabundos ou de bobeira overdose

já o crânio meu irmão não fuma nem cheira

passa o dia inteiro lendo e comendo que ele fala são seus vícios
lê tudo o que aparece e de tudo come
traz sempre à vista numa caixa de sapatos vazia
removedor gilete pano de pó cola-tenaz papelão
pega um livro todo desmilinguido
faltando capa emporcalhado semimorto
transforma em outro quase novo
parece um médico do pê-esse
ele é o cão ele é danado
eu gosto dele não é porque ele é meu irmão
todo mundo na comunidade tem respeito
as mães dão ele de exemplo apontam por onde ele passa
quando vejo o crânio meio triste
afundado na cama sem ter o que fazer
saio e arrumo um jeito de voltar com um livro
mas livro grosso bem grosso porque ele diz
que livro magro que não consegue nem parar em pé sozinho
é livro favelado brinca não merece nem viver
o crânio quando ri parece iluminar à sua volta
vários faróis seus dentes brancos e bons

uma vez grampeamos um carteiro levamos ele pruma quebrada
esparramamos os intestinos da mochila no chão de uma casa
[abandonada
começamos a recolher talões de cheque e cartões de crédito
e apalpando as cartas via aérea par avion

porque ainda tem mané que manda dinheiro dentro delas
deparei com uns envelopes pardos rechonchudos
amarrados por barbantes frágeis
perguntei pro babaquara se eram livros
ele fez que sim com a cabeça
peguei enfiei debaixo do braço sumimos
mandei um parceirinho entregar pro crânio pelados dos envelopes
porque o meu irmãozinho é assim sistemático
nunca abriria uma carta não fosse ele o destinatário
e quando voltei em casa após três dias
ele se achegou no abraço e disse porra mano legal
e elogiou os livros um a um citando os nomes
mas de um gostou mais é genial falou
catou um volume grosso me lembro ainda agora spartacus de howard [fast
o crânio estava imensamente feliz fiquei orgulhoso
por ser irmão de um irmão assim tão inteligente
que tem um caderno onde anota o nome do livro e do autor
quando recebeu quando começou a ler quando acabou
comentando um a um naquela letrinha miúda
quando está lendo o crânio parece um buda
de vez em quando chamo ele pra tomar cerveja com a gente
numa balada firme lá pros lados do campo belo
ele vai e fica falando que a gente somos otários
dá a cara pra bater vendendo coca a polícia fungando nas costas
logo logo vocês dançam ele diz
e o bacana da mansão do morumbi
que controla de verdade a muamba
está lá cada vez mais rico filhos estudando no estrangeiro
carro importado blindado na porta segurança
mordomo babá jardineiro copeira cozinheira arrumadeira
os homens comprados na palma da mão
e a gente feito mosca pousada na bosta
esperando a hora do pipoco feito formiga na fila do formigueiro
esperando a hora do coturno
aí o pessoal fica meio puto
mas ninguém reclama porque sabe que no fundo o crânio tem razão

ele sempre tem razão
e o crânio ficou mais puto ainda quando soube que eu a gente
foi obrigado a fechar um cara que tentou reagir
um dedo-mole assustado pum fechou o sujeito no farol
porque ele fala seus babacas os ricos não estão nas ruas
estão lá no alto em helicópteros
cagando de rir de mim de você aqui embaixo se matando
o crânio é revoltado
por ele a gente pegava os trabucos ia fazer uma revolução
ele só acha certo assalto a banco a carro-forte
sequestro de milionário ocupação de terra e de casa sem dono

o crânio é foda

quando ele fez quinze anos
colocamos duas minas peladas na cama dele
saímos todos pra beber sopramos até velinha tiramos o maior sarro
e quando meio alto ele voltou
sem acender a luz se enfiou debaixo do cobertor
e se assustou com as minas peladas porra escolhidas a dedo
por um profissional chegado nosso uma grana preta
pra pagar tivemos que fazer até vaquinha
mas o crânio ficou puto mandou elas vestir a roupa e dar o fora
me chamou passou uma descompostura
eu estava meio chapado não conseguia parar de rir
e ele foi ficando cada vez mais puto saiu pra viela
e fosse outra pessoa eu tinha é fechado ele
porra a gente fez a coisa com o maior carinho
e paga o maior mico as minas acharam estranho
mas o crânio tinha razão
ele falou quando quiser comer uma mulher não preciso de vocês

o crânio é assim

ele é romântico
me confessou uma vez que escreve poesia
um dia te mostro ele falou
disse que ele podia emprestar o caderno pros manos do rap

conheço o povo todo a gente mostra pra eles eles põem música
ele falou não minha poesia não é pra cantar é pra ler
e declamou uns versos de um livro que eu lembro o riquinho achou na [rua
era uma coisa complicada pra caralho não entendi porra nenhuma
mas disse que gostei ele riu fingindo acreditar
eu falei o crânio é foda

outro dia o crânio foi barrado na boca da favela
os milicos estavam fazendo um comando
mandaram ele apresentar os documentos
cacete ele não tem carteira-de-trabalho nem erre-gê nem cic
a polícia mandou ele deitar no chão sujo
a cara encostada no riozinho de esgoto
colocaram algemas nos punhos e nos calcanhares dele
deixaram ele assim deitado humilhado a comunidade inteira revoltada
depois jogaram ele no camburão e sumiram
por essa são paulo tão comprida
encheram ele de porrada torturaram
o crânio ficou mal logo ele
contra quem ninguém tem bronca
mas tem problema não a gente enquadrou um bostinha
pagou pra ele comprar o prontuário dos meganhas
que fizeram o serviço no meu irmão nome endereço turno
e hoje a noite vai ser longa vamos arrepiar
estou indo agora no barraco pegar minha glock com o crânio
porque ele guarda nossas armas e as balas na caixa de livros
e ele como sempre vai perguntar qual o busílis e vou ter que mentir
porque o crânio não ia concordar com o que a gente vai fazer

porra o crânio este é o mal dele o crânio tem um coração destamanho

48. Minuano

a menina pisou com cuidado a sandália-de-couro novinha no chão de orvalho congelado os pés enrodilhados por meias cinza esburacadas o embornal cheio de cadernos as letras caprichadíssimas a professora uma italianona abrutalhada mas muito boa ela sempre passava a mão na cabeça da menina e pulou para dentro da carroça tracionada por um pequeno e barulhento trator que levava a gurizada para a escola rural ia todo mundo chacoalhando tiritando de frio pulando que nem cabrito sempre rindo sempre rindo era junho e as manhãs azulíssimas e a menina orgulhosa de suas tranças negras exibia seus olhos também azulíssimos pelos campos de soja e era feliz porque seu pai estava na roça com seus dois irmãos mais velhos a safra deste ano ia ser boa ele dizia à noite quando se reuniam na cozinha em torno do fogão-a-lenha e da água para o chimarrão zunindo na chaleira e a irmã bebezinha estava crescendo logo logo ia poder correr pelo quintal a sua algazarra e seria ouvida lá longe onde três pontos minúsculos eram seu pai e seus irmãos os chapéus em cima da cabeça e sua mãe na cozinha preparava o almoço polenta com galinha no molho e ela balançando de um lado para o outro sobre a carroça desfilava radiante seus olhos azulíssimos pela verde extensão das coxilhas e era plena em sua felicidade a felicidade que temos aos sete anos e que ela agora com o som do microssystem ligado no último volume no décimo terceiro andar de um edifício em cerqueira césar jogada no chão quase bêbada desesperadamente reconhece mas meu deus como deixara escapar aquela felicidade em que momento da vida ela tinha se esfarelado em suas mãos em que lugar fora esquecida quando meu deus quando

49. Ritual para a terça-feira, Lua em Câncer

Num canto da sala, arme um pequeno altar, usando flores que tiver em casa. No centro, coloque um pratinho com sementes e ervas e componha com um cristal rosa. Acenda uma vela cor-de-rosa e incensos de rosas. Arrume um paninho virgem da cor de sua preferência, abra-o sobre o altar e vá colocando sobre ele as ervas e as sementes, oferecendo cada uma à deusa da Lua, na intenção de encontrar a paz familiar e o amor na relação. Feche o saquinho, amarre-o e use-o com você. Agradeça.

50. Carta

Guidoval, 2 de maio de 2000

Querido Paulino, meu filho,

Escrevo-lhe essas mal traçadas linhas para dar notícias nossas e também receber as suas. Aqui graças a Deus vai indo tudo bem. O seu pai é que anda acamado por causa de que outro dia estrepou o pé num toco que estava enterrado no meio da vargem. E você sabe o quanto o seu pai é teimoso. O cabeça-dura não queria ir no posto de saúde mas aí o pé pegou a inchar, quase deu tétano. Aí ele foi muito a contragosto e agora está deitado, o pé deste tamanho, vermelho que só vendo...

E você, tem se alimentado direitinho? Ainda ontem o Zé Gomes, lembra dele? aquele que morava lá pelas bandas do Zezim Francisco, ele agora botou casa de comércio está chique que só vendo, ele perguntou por você. Diz ele que jogou muita bola com você lá no campo do Zezim Francisco. Ele acha que você até chegou a namorar a Sueli irmã dele, que casou e mora em Ponte Nova.

Tem feito muito frio aí? Aqui a noite já anda exigindo uma cobertinha. Você lembra como eu passava mal nessa época do ano, quase morria? Pois não mudou nada. Quando a tarde vem caindo e sobe aquele poeirão amarelo começa a aflição do nariz entupido, a falta de ar, a sufocação e parece que esta vez é a última, ai meu filho não desejo esse estupor pra ninguém, nem pro pior inimigo. Você tem se agasalhado direitinho? O médico mandou fazer inalação, mas, e dinheiro pra aviar a receita? Tudo pela hora da morte.

E a Márcia está bem? E as crianças? A Gislaine deve estar enorme. A última vez que eu vi ela faz três anos já, como o tempo passa, ela já estava uma moça, fico imaginando agora. E o Maico? É assim mesmo que escreve o nome do caçulinha? Desculpe meu filho, mas é um nome tão complicado... É muito bonito, mas é meio complicado. E o Juninho? Você não vem trazer eles pra ver a gente mais não, meu filho? Seu pai está tão velhinho. Um dia desses Deus que me perdoe ele pode faltar, Paulino. A gente nunca sabe. E ele queria tanto ver os netinhos pela última vez. Fala com a Márcia. Se você conversar com ela direitinho tenho certeza que ela vai entender. Ela é mãe também.

Ia esquecendo de falar. A Adélia está de casamento marcado pra setembro. Por que você não aproveita a ocasião? O Töizinho parece que agora criou juízo. Comprou um caminhão a meia com o pai dele e arrumou pra puxar móvel pros Parma, de Ubá. A Adélia está muito feliz. Pensa nisso com carinho, meu filho.

Às vezes quando vou deitar começo a pensar em você, meu filho, que saiu de dentro de mim, que já passou por tantas coisas nessa vida só Deus sabe e não me conformo com esse desentendimento, essa distância. Eu sinto assim uma apertura no coração, uma coisa esquisita. Eu sei que é bobagem de mãe, desculpa filho por estar te aborrecendo. Você não merece isso.

O Veludo coitado está tão velhinho. Está cego do olho esquerdo, sempre remelento. E não aguenta mais andar atrás da gente. Fica só deitado num cantinho do quintal perto das mangueiras dormindo, e a gente tem que ir lá levar o resto dos pratos e a água. Dá uma pena. Mas é a velhice. Todos vamos ter que passar por isso um dia.

Bom, Paulino, eu tinha tanta coisa pra falar ainda, mas não quero tomar mais seu tempo.

Todos aqui mandam lembranças pra você, pra Márcia, pras crianças.

Eu mando um beijo especial pra você, meu filho querido.

Pensa no que falei pra você.

Seu pai mandou falar que reza todo dia pra você na missa das sete. Que não é pra se preocupar não porque o Menino Jesus de Praga estará sempre ao seu lado.

Beijos meu filho querido
da sua mãe saudosa
que te ama,

Glorinha

51. Política

não posso declinar o nome dele, entende?, ele é muito conhecido, vira e mexe tem retrato dele no jornal, a cara dele aparece na televisão, ele é do interior, montado no dinheiro, parece que tem negócio com café, ele manda eu pegar o carro na quinta-feira, o carro dele, o Pajero, não o oficial, da Assembleia, e eu vou numa casa em Moema, o endereço eu não dou, pode causar problema, mas é uma casa muito decente, não tem nem nome na fachada, quem passa por lá, do lado de fora, nem desconfia, aí eu ponho três mulheres pra dentro, das melhores, só universitária, eu sei porque eu é que pago, passo antes no banco, boto dinheiro vivo no bolso, o velho não é bobo, está com quase setenta, mas otário não é, uma vez levei até uma que era capa da revista Sexy, não sei se você conhece, o deputado olhou e falou, essa menina frequenta lá, vê se traz ela, eu levei, puta-que-pariu!, precisava ver que mulherão!, eu carrego elas prum hotel ali na alameda Santos, o nome não digo, pode dar problema, o deputado é conhecido, deus me livre de rolo!, a corda sempre arrebenta do lado mais fraco e aí quem se fode é o bestão aqui, aí deixo elas no hotel, o gerente já sabe, suíte presidencial, e me mando pra Vila Madalena, tem uma bicha lá que agencia rapazes, sempre gente diferente, aí três caras entram no carro e levo eles pro hotel também, nisso estou ligando do celular pro disque-cocaína, um serviço que tem um motoboy que entrega o troço em mãos e discretamente, mas não é pro deputado não, que ele é contra drogas, é mais caro, mas ele fala que dinheiro não é problema, e nessa altura já providenciei também o uísque dele, só coisa fina, escocês, porque o deputado fica puto com esse negócio de Jack Daniels, diz ele que isso é coisa de americano, e ele odeia os americanos, a cocaína é pras meninas e pros caras, mas o deputado não obriga ninguém não, cheira quem quer, o uísque eu compro de um chegado meu, que traz do Paraguai, sai bem mais em conta, só coisa de primeira, dezoito anos, rótulo azul, cheguei a arrumar maconha pra uma menina uma vez, no carro ela me pediu, falou que não cheirava e nem gostava de beber, que preferia fumar maconha antes, pra dar coragem, porque não apreciava aqueles programas, fazia por necessidade, pra pagar a faculdade, bom, todas elas falam isso, quer dizer, todas não, tem algumas que gostam de sacanagem, eu conheci umas que é só olhar pra cara delas que a gente já percebe que o negócio delas é putaria, bom, aí eu deixo todo mundo lá na suíte presidencial, bem à vontade, verifico os cinzeiros, o deputado detesta cigarro, mas a maioria do povo hoje fuma, ele tolera, vejo se os copos estão limpos, as toalhas, o deputado não confia em ninguém, só em mim, aí ele chega, senta pelado numa poltrona, o copo de uísque na mão, aí eu saio, tranco a porta, e fico no hall do hotel conversando com o barman, que é meu amigo, e ele sempre especula que merda é aquela lá em cima e eu sempre digo que não sei e nem quero saber, porque não tenho nada com isso e a gente fica então conversando sobre política, que é um assunto que eu gosto e ele também

52. De branco

Encurvado, o doutor Fernando sentou-se na beira da cama inferior do beliche, descalçou os sapatos brancos, empurrou-os para debaixo do estrado, esticou, prazeroso, um a um os dedos dos pés vestidos de finas meias brancas, esticou a mão, alcançou o controle-remoto abandonado numa cadeira, ligou a televisão, sem som, zapeou até sintonizar o Jornal Nacional, e então espalhou-se músculos e ossos por sobre a fina lâmina de espuma que fazia as vezes de colchão. Gostava de assim permanecer, olhos semicerrados adivinhando o bombardeio das cores, o dia passado a limpo na parede amarelada do cubículo. Do consultório ao hospital, vinte quilômetros de asfaltos embexigados, de fumos de motores pânicos, de estereotipados motoristas. Três vezes o celular brotara. A primeira, Cláudia, Você lembra onde colocou o recibo de pagamento do balé da Ju? Estou superatrasada, você lembra onde colocou? Como não? Eu dei pra você pagar! Ah, deixa pra lá! É sempre assim! Você nunca sabe de nada! A segunda, Lígia, Oi... Onde você está agora? Nossa! (inaudível)... plantão? Puxa vida! Olha, qualquer dia desses bem que a gente (inaudível)... Tem um barzinho ali no (inaudível)... O quê que você acha? Me liga então pra (inaudível)... Um beijo... Tcha-au... A terceira, Cláudia, Aconteceu (inaudível)... com você? Não? Está me ouvindo? Achei (inaudível) esquisito... Tem certeza? (inaudível)... coisa. Está me ouvindo? Amanhã (inaudível) pra comprar (inaudível) das mães. Alô? A-lô! É calmo o nascimento da noite: duas suturas despormenorizadas, um coma alcoólico, uma crise alérgica; nada de "tanques assassinos", bêbados esfaqueados, atropelamentos, escoriações por brigas ou batidas de carro. Pálpebras de chumbo lacram seus olhos, sempre mal dormidos, estresse, do plantão para o consultório para o plantão, "deves" contabilizados, férias? quanto tempo!, a derradeira, uma casinha emprestada na Barra do Sahy, as solas dos pés passeando o entardecer das escuras areias socadas da praia da Baleia, a Ju perninhas inseguras ciscando à frente

despertou assustado, a estridente campainha, "Doutor Fernando! Doutor Fernando! Emergência! Emergência". As meias finas brancas buscaram os sapatos brancos, a televisão desmaiada, os dedos assentaram os ralos cabelos, escancarou a porta, "Mário!, ô Mário!", "Ô, doutor Fernando, como vai essa força?" "Tudo em cima. Você sabe o quê que é essa urgência aí?" "Parece que um tigrão levou uns pipocos." "Briga?" "Acho que não... Assalto..." "O assaltante ou o assaltado?" "Sei não... Os meganhas desovaram aí..." e labirintou-se por entre pacientes e acompanhantes que congestionavam os corredores. Na sala-de-cirurgia, vestiu-se máscara e gorro, desinfetou as mãos, abraçou o avental, calçou luvas-cirúrgicas, meneou a cabeça, o anestesista, doutor Tarcísio, vislumbrou o residente, Jorge?, É Jorge o nome dele?, ah!, a instrumentadora, Sônia, gostosíssima!, Ah, Sônia, quando a gente vai sair pra dar uma trepada, heim?, perguntou em pensamento, O Jorge (Ah!, é Jorge o nome dele...) relatou que a bala transfixou o abdome, perfurou o pulmão, hemorragia brava, Muito bem, vamos ver. Ao aproximar-se, o monitor ligado, coração desacertado, percebeu, caralho!

descontrolada Cláudia esgoela bate os pés no chão puxa os cabelos olhos desorbitados

Ju revólver na nuca choraminga amedrontada

faz ela calar cacete senão arrebento a

Cláudia pelo amor de deus os caras

porra fala logo onde estão os dólares

— Tarcísio, pode suspender a anestesia...

— Quê?

— Pode suspender... Não vale a pena...

— Como assim, "não vale a pena"?

— O estado é grave, doutor Fernando, mas acredito que (intrometeu-se o residente)

— Cala a boca, (ia nominá-lo, mas)

Doutor Fernando arrancou a máscara, afastou-se do leito, aos berros, virou-se, parou.

— Tarcísio... você lembra do assalto?, daquele assalto lá em casa?

Pois então: um era esse, cara... Um era esse! E eu não vou salvar ele não, cara, não vou mesmo! Não vou mexer uma palha pra salvar ele... Ele quase fodeu a minha vida, cara, quase fodeu... Eu não vou operar ele não, estão me ouvindo? Não vou operar ele não! Se vocês quiserem, chamem outro, me denunciem pro CRM, façam o que vocês quiserem, não estou nem aí, eu não estou nem aí, estão me entendendo?, nem aí!

E desapareceu por detrás do vidro da sala-de-cirurgia.

O silêncio encavalou-se no anestesista.

Os olhos da instrumentadora hipnotizados pelas horas na parede.

O residente monitora os impulsos do coração do paciente
agora respiração convulsa

53. Tetrálogo

A — Boa noite.
M — Boa noite.
R — Boa noite.
N — Boa noite.
A — É... a... primeira vez?
R — É...
A — Bom, então... Hum... hum... Bom... Meu nome é Arnaldo, sou engenheiro, sócio de uma construtora... pequena... e... e essa é a Mônica... minha mulher...
R — Muito prazer.
N — Muito prazer.
M — Eu sou... pediatra... Médica pediatra...
R — Ah!, pediatra.... Bom... Er... Pra gente... é meio... meio assim... constrangedor... E... bom... meu nome... Bom, meu nome é Rafael... economista... professor universitário... e esta... esta é minha mulher... Ela é designer...
A — Designer?
N — É... mexo com... ah, o Rafael esqueceu... meu nome é Nancy...
A — Ah! Nancy!
N — É... mexo com design de joias... Tenho uma microempresa...
A — Ah, é microempresária...
R — Pois é... já falei pra ela... se ela continuasse com uma coisa infor-

mal... igual antes... ela ganhava muito mais... agora, o que ganha mal dá pra pagar os impostos... o governo come tudo...

M — Isso é verdade... No meu caso... no consultório... não dou recibo de consulta. Se o cliente insiste, eu aviso: com recibo é vinte por cento a mais... O cliente acaba... compreendendo...

N — É... mas eu precisava legalizar porque queria colocar minhas joias em loja de shopping... apareceu uma oportunidade... E agora estou com um contato ótimo pra exportar...

M — Exportar?

N — É... no começo... uma quantidade pequena pra França... Depois... quem sabe...

M — Preciso conhecer suas joias!

A — Bom, eu confesso que, como a gente trabalha com capital de giro muito alto, tem a possibilidade maior de jogar parte do dinheiro pro caixa-dois... Agora, se a gente não faz isso... eu fico até sem jeito de falar... mas... se a gente não faz isso, não tem como tocar as obras... o dinheiro do caixa-dois é praticamente pra manter a empresa funcionando... A peãozada tem que receber em dia... direitinho... e tem os equipamentos de segurança... e tem que contar com os atrasos nos pagamentos... a gente tem que ter uma margem de segurança... Já pensou se a gente fecha? O que vai ter de baiano na rua... desempregado...

M — É... pra ficar nos faróis assaltando a gente...

N — É... a gente não tem mais sossego nem dentro de casa...

A — Vocês moram em casa?

N — Não, apartamento...

A — Vocês é que têm sorte... Nós moramos em casa... um perigo danado... tem que pagar segurança... um gasto que não deveríamos ter... a gente já paga imposto...

M — Tem um carro de segurança que fica rodando a quadra a noite inteira... Qualquer problema, eles resolvem... Uma vez parei o carro em frente à garagem, estava ouvindo um cedê que gosto muito, os Carpenters, e aí fiquei esperando acabar uma música... E já tinha um carro todo espetaculoso atrás de mim...

R — É... nós, da classe média, estamos acuados...

N — É isso mesmo...

A — Acuados!

M — Exato... Acuados...
A — Bom, acho que já podemos nos considerar amigos, não é mesmo?
N — É... é verdade...
M — Vamos então... tratar... de... negócios?
R — Er... Arnaldo... Mônica... Será que a gente... eu e a Nancy... a gente... a gente podia... conversar... nós dois... assim... a sós... é só pra...
A — Claro, claro...
M — Perfeitamente... A gente vai sentar ali no balcão... tomar alguma coisa...

(Pausa)

R — Bom... e aí?
N — Não sei...
R — Você quer continuar com essa... essa...
N — Fantasia...
R — Fantasia?
N — Bom... eu acho... eu acho que vai ser bom... pra nossa relação... vai... sei lá... acho...
R — Você gostou do Arnaldo? Aliás... será que ele se chama Arnaldo mesmo?
N — Ih, Rafael, lá vem você com sua paranoia! O pessoal que frequenta aqui é tudo gente decente... civilizada... Não viu? O cara é empresário... a mulher é médica...
R — É... sei não...
N — Vai começar! Se você não quer, tudo bem... a gente vai embora... desiste... pede desculpas e...
R — Eu? Desistir? Agora? Imagine... Falsa loura... Ela não é falsa loura?
N — A Mônica? É, ela pinta o cabelo... Mas é bonita... Vistosa...
R — É... vistosa ela é...
N — Está vendo? Confessa... você gostou dela não gostou?
R — Ô Nancy, deixa de ser boba, pra mim mulher é você... Só vim aqui porque você insistiu...
N — Se você quiser, a gente vai embora... já falei... E para de cinismo comigo... eu te conheço... não cola mais...
R — Por mim...

N — E além do quê, essa Mônica não é de se jogar fora... Já o marido...
R — Quê que tem o marido?
N — Ah, ele já é meio velho...
R — Ah, isso é mesmo... Nem se compara comigo... não é mesmo?
N — Nem se compara...
R — Bom, então...
N — É... fala pra ele que... que tudo bem...
R — Bom, então espera aqui que eu vou lá tentar... acertar... o negó... quer dizer... a coisa... o... a...

54. Diploma

IGREJA DO EVANGELHO QUADRANGULAR

Cruzada Nacional de Evangelização

Certifico que *Paulo Roberto Ernesto*, nascido em *4* de *fevereiro* de *1951*, após haver testemunhado sua fé em Nosso Senhor Jesus Cristo foi batizado de conformidade com os ensinos da Palavra de Deus (Marcos 16:15-16; Atos 2:38).

São Paulo, *8* de *março* de *1978*

Pastor Neemias Santoro da Silva
Ministro Oficiante

55. Via internet

Estou te falando, cara, vinte e cinco!, vinte e cinco só através da internet, nos chats e ICQ. E olha que eu não sacaneio não, vou logo avisando: sou baixinho, gordinho, míope... mas muito viril! E sem Viagra! Faço de tudo na cama... Bom, aí eu tasco poesia. Vinicius de Moraes é infalível. Mas se precisar, uso golpe baixo. Comprei num sebo as obras completas do J. G. de Araújo Jorge... E, se a fulaninha é dessas mais... intelectualizadas... Byron! Você sabe... aquela conversinha... no fundo no fundo as mulheres só querem ser bem comidas por alguém carinhoso, romântico... Mas que não seja boiola! Porque hoje em dia se o cara é romântico, é veado e se é macho, insensível... troglodita... Eu junto as duas coisas: sou macho e romântico... Ressuscitei a palavra como instrumento de sedução, entende? A melodia de um verso mordiscada no lóbulo da orelha... Ai! Eu elejo a beleza delas com frases emprestadas dos outros... Claro, elas não precisam saber disso, mas eu acho que, mesmo se soubessem, nem ligariam. As poesias foram escritas não pra ficar sepultadas nas páginas dos livros, mas pra se tornarem parte da nossa memória coletiva... Eu avivo todo o meu conhecimento de moleque míope que ficava em casa lendo, enquanto a molecada ia pro campinho jogar futebol... Tem um tempo em que as mulheres dão muita atenção aos músculos, bíceps, tríceps, essas bobagens... Depois descobrem que até cachorro sabe trepar. E trepar bem, se levar em conta os filmes que a gente vê por aí... Então, elas começam a procurar algo mais, entende? No chat, eu faço o primeiro contato, me apresento, ali a gente já sabe se somos ou não, digamos assim, almas gêmeas... Aí, se der, trocamos o número do ICQ, o e-mail... Começam as negaças, os falsos mal-entendidos, os ditos com segunda intenção, os nhenhenhéns, os hehehés... É um jogo danado, meu irmão, fascinante, melhor que todos os outros games do mundo, porque o prêmio, se você consegue chegar no final, é uma mulher na sua cama... louca pra fazer tudo que você quiser... tudo! E eu digo: não posso reclamar de nada... Já comi uma menina de dezesseis anos, cabaço, acredita?, e uma bem-casada, cinqüenta e três anos, enxutíssima, uma bunda e uns peitos de fazer inveja a muita adolescente aí; já comi uma médica e a secretária dela; já comi preta, branca, japonesa, gaúcha, nordestina e até uma judia; já brochei — com uma paulistana bonita, gostosa, mas, porra, ela fedia a cerveja, tentei uma, duas, três vezes, estava com a cabeça em outro lugar (a cabeça do pinto, é claro), falei pra ela, caralho, isso nunca me aconteceu antes!; já consegui dar cinco numa noite (com uma japonesa, que parecia ser a luxúria em pessoa!); já tive de trocar o número do telefone (por causa de uma tal de Letícia, que me ligava toda hora e enviava uns cem e-mails por dia); já tive que negar casamento a três; já banquei o psicólogo para convencer uma a não se separar do marido; já peguei doença... Cada história, cara, que se um dia eu sentar pra te contar você escreve um livro inteiro só sobre isso... Vinte e cinco, cara, vinte e cinco! Já tive de abandonar o barco três vezes, porque não correspondiam à descrição, e uma vez me sacanearam, um cara se fez passar por mulher, e no dia e hora marcados três brutamontes me cataram, encheram de porrada, quebraram meus óculos... Fiquei de licença-médica por três dias (aleguei que tinha sido atropelado, não anotaram a chapa), uma merda... Mas, o que fazer?, eu adoro buceta... Bom, cara, vou andando, está na hora de me conectar, você acerta aí?, então, um abração, companheiro, me liga, heim, dá licença, por favor, dá licença, com licença

56. Slow motion

a lata semivazia de cerveja descreveu uma trajetória descendente em rotação na diagonal sobrevoando dezenas de cabeças indo abalroar logo o cocoruto do Marlon que imediatamente girou o pescoço em quarenta e cinco graus para ver de onde caralho tinha partido o petardo e justo entre as milhares de caras ansiosas que disputavam cada milímetro da arquibancada do Pacaembu para ver aquele Corinthians e Rosario Central pela Libertadores da América deparou com o filho-da-puta que tinha assaltado dias antes sua borracharia na Vila Guilherme desgraçado vou foder com ele e viu os olhos do ladrãozinho afundarem entre os milhares de pescoços que lotavam o estádio naquela noite

Pecê seguia atento o ataque do Corinthians a bola cruzada descaindo perigosamente na pequena área quem sabe ali um gol quando passou sobre sua cabeça uma lata de cerveja semivazia descrevendo uma trajetória descendente em rotação na diagonal e ele de bobeira desviou o olhar para acompanhar o sobrevoo e viu quando ela explodiu no cocoruto de um sujeito que imediatamente girou o pescoço em quarenta e cinco graus para ver de onde tinha partido o petardo e seus olhos se engancharam e percebeu que o sujeito cutucou alguém a seu lado será que esse babaca está achando que cacete por cautela e por costume afundou-se entre os milhares de pescoços que lotavam o estádio naquela noite

Marlon cutucou Sem-Cabelo que cutucou os companheiros — porra vocês acham que eu ia esquecer a cara do filho-da-puta? — e espalhando-se galgaram os lances da arquibancada isolando sem muito esforço o local exato onde o ladrãozinho engatinhava

Marlon chegou bufando, disse,

Lembra de mim, otário?

, e nesse momento a torcida corintiana urrou com uma bola que tirou tinta da trave direita do goleiro do Rosario Central.

O que nós vamos fazer, ô Marlon?

, Sem-Cabelo perguntou, e o chefe, distraído por uma jogada no meio-de-campo, disse, desinteressado,

Vamos enfiar um cabo de vassoura no rabo dele.

A galera, excitada,

Legal! Vamos nessa!

E Marlon,

Aí, panaca, só pra você ver que eu sou um cara legal, vou deixar você ver o resto do jogo,

e, voltando-se para os companheiros,

Depois, a gente leva ele pruma quebrada e enfia um cabo de vassoura no rabo dele.

Pecê engatinhou seu medo por entre canelas cabeludas e calças ordinárias tênis chineses sapatos esgarçados havaianas descoloridas até um par de pernas fechar-se à sua passagem e apertar sua cabeça quis gritar mas o Corinthians atacava gritos urros e vários outros pares de pernas aproximaram-se e bufando um sujeito disse qualquer coisa como vamos enfiar um cabo de vassoura no cu dele e Pecê achou que era brincadeira porra não carecia disso também não mas quando o cara falou pela segunda vez ele percebeu que era sério e até perdeu o gosto de ver o fim do jogo mas os fulanos eram fanáticos sentaram para acompanhar o resto da partida e então Pecê ficou tentando lembrar como é mesmo que rezava para pedir a Deus que houvesse prorrogação pênaltis e que um milagre acontecesse um milagre

57. Newark, Newark

Zé Geraldo, uma esquisitice no estômago, mãos soldadas nos braços da poltrona, pés embrejados no soalho, pelos eriçados, e vagarosamente o avião taxiou — não fazia ideia de que os boeings fossem tão desconfortáveis. Parou, a comando da torre. Enfim, um a um os supersônicos motores ligados, músculos de metal em espasmos, deslizou ensandecido pela língua de asfalto, embrenhou-se céu negro desconhecido. Só então corajou-se entreabrindo os olhos, faíscas da favela enorme esparramada embaixo, Guarulhos, noturno ígneo São Paulo ao longe, ah, talvez se despedindo para sempre, talvez, provavelmente.

Ao lado, uma enorme bunda engravatada; no corredor, jeito de gringa, tapa-olhos, fone de ouvido, uma. O homem iniciou um livro, em inglês, ai cacete!, um arrepio, a caminho definitivo para os Estados Unidos e nem a língua adivinhava! E na alfândega? Mais perguntas? Um suplício, no consulado, para ganhar o visto! Sapecavam indagações sobre coisas de que nem desconfiava... Agora, a 10 mil pés de altitude, a espinha, mais alguma pergunta? E se por acaso o Rick... Meu deus! E se ele não... estivesse lá? Como chegar em Newark? Sim, o endereço, e ele garantiu, não se aflija, vai dar tudo certo, mas, e se?, um acidente... quem sabe... o destino... O fuso horário... Uma hora a menos... Então... desembarcaria às... O tempo... Nublado, máxima de trinta e quatro graus, mínima de catorze. Graças a deus, o Rick se deu bem. Pelo menos! Inteligente! Já arranhava algum inglês, curso no CCAA, mais esperto... Ele, entretanto, nunca, lhufas... Ô linguinha! Ah, mas conjugava o verbo To be direitinho, I am, You are, He She It is, We are, You are de novo e They are. Todo ano, no colégio, a lenga-lenga, encostada à mesa, a professora, Bom, vamos então recordar o verbo To be, e, coxas e costas, riscava, a giz, o quadro-negro.

Época houve que ensovacava desesperado a Speak Up, mas, e ouvido?, quê que ele falou?, ai meu deus!, que foi que ele disse?, ai, nem dormindo gravadorzinho debaixo do travesseiro, revista envolvida colegial entrebraços, nada!, Rick antecipativo, Meu bem, você vai aprender é na marra! O Rick é mestre. Arrumado, em três anos de Nova York, o apê, superlegal; o salário, de chapeiro, imagine!, de chapeiro!, digno; e as sobras de tempo e grana despende estudando artes, à noite. No Brasil, o suor de oito, dez horas por dia consome-o o aluguel, a comida... Bem fez o Rick. A coisa não andava, se mandou. Agora, em dólar, as pessoas respeitam ele. E em cartas, telefonemas, atentando, Vem pra cá, vem, Vem que a gente vai se divertir pra caralho! Vem, vamos botar pra foder! O Rick é uma pessoa fantástica! Mas, ai, acho que. José Geraldo!, deixe de veadagem!, choramingar por esse paiseco de merda?, povinho conformado, elite sacana, corrupção, politicalha, bandalheira, filhadaputice, corneagem, putaria... Ah, não!, chega!, seja o que deus quiser...

O terno-e-gravata fechou o livro e os olhos, o que será que ele está lendo?

58. Malabares

Dizem que na Itália os homens não podem ver uma mulher sozinha que logo vêm, gentis, ver se a gente está precisando de alguma coisa, se podem ajudar, cavalheiros, basta a gente sentar num banco de praça que lá vêm, solícitos, porque eles são assim, bonitos, olhos verdes, morenos, cabelos pretos, fortões, altos, basta ver a seleção italiana, e educadíssimos, tratam a mulher com a maior atenção, e não estão preocupados se é bonita ou feia, gorda ou magra, branca ou preta, querem é cuidar da mulher, porque sabem que mulher precisa disso, de atenção. Claro, nunca estive na Itália, que é um país longe, na Europa, quem me explicou isso tudo foi um senhor com quem saí uma vez, ele me escolheu num book que a agência mantinha num flat na rua São Carlos do Pinhal, eu era uma menina ainda, tinha uns dezesseis, dezessete anos, mas corpo de vinte e um e documentos falsos, fui no quarto dele, mandou que eu tomasse um banho, me deu xampu importado, sabonete inglês, perfume francês, me levou no Shopping Iguatemi, falou pra eu escolher uma roupa bem bacana, de madame mesmo, e lingerie e sapatos, e desfilou comigo, sem vergonha, até o Jacques & Janine, e voltamos carregados de sacolas de grife pro flat e, enquanto eu me trocava, ele falava sobre a Itália e ia se aprontando dentro do terno Versace. Pegamos um táxi e fomos até um bufê em Moema, segurança na porta, tapete vermelho na entrada, nunca vi tanta gente importante na minha vida, as roupas!, o cheiro!, coisa de sonho, de conto-de-fada, tinha político, gente de televisão, jornalista, e ele grudado em mim o tempo todo, me apresentando, Patrícia, essa é a fulana, Patrícia, esse é sicrano, não sei por que ele me batizou assim, Patrícia, e, quando a sós, ele sussurrava no meu ouvido, você é linda, como você é linda, meu deus, e até eu fiquei convencida, naquele instante me senti a mulher mais linda que jamais existiu, lá pelas tantas saímos, fomos pra um restaurante nos Jardins, uma vez eu passei na frente dele, só pra dizer pra uma amiga que eu já tinha comido ali, claro que ela não acreditou, mas até hoje eu lembro, Antiquarius, na rua Oscar Freire, chiquérrimo, caríssimo, ele sentou, pediu uma bacalhoada, um negócio maravilhoso, e vinho, ai, que vinho!, mas bebemos com moderação, porque desde o começo foi a única coisa que ele pediu, que eu bebesse pouco, que só acompanhasse ele, e enquanto eu mastigava uns tremoços, pôs a mão na minha mão e falou, olhando nos meus olhos, faz de conta que você é minha mulher, que você está apaixonada por mim, que eu sou a coisa mais importante da sua vida, o que nem foi difícil, porque ele era tão legal, tão bonzinho, de tal maneira que passamos assim todo o jantar, como se fôssemos, sei lá, pai e filha, marido e mulher, mas nunca como se ele estivesse me pagando pra sair com ele. Na calçada, ele perguntou onde eu queria ficar, eu me assustei, falei, você não vai querer, ia dizer, foder comigo?, mas eu não podia falar assim com ele, mas ele entendeu, me disse assim, olhos baixos, não, não, diz onde você quer ficar, eu chamo um táxi, eu pensei, a noite ainda estava pelo meio, perto de uma da madrugada, dava pra fazer mais um cliente, e as roupas?, lembrei, são suas, ele falou, minhas?, bom, onde você quer ficar?, ele insistiu, eu tive pena dele, não podia simplesmente deixar ele ali, àquela hora, e sair com outro cara, naquela noite pelo menos não, então eu disse que queria ir pra casa, ele estranhou, ir pra casa?, não quer sair?, se divertir com os amigos?, você é tão jovem, tão, tão linda, eu resmunguei, amigos?, não, não, quero ir pra casa mesmo, então pediu pro segurança acionar um táxi, enfiou umas notas na minha mão meio constrangido, nem contei, embora depois eu tenha visto que era exatamente o que havíamos combinado, ele abriu a porta do carro, me colocou pra dentro, como uma dama, deu o endereço pro motorista, beijou minha mão, ficou acenando, eu fiquei olhando pra atrás, até ele desaparecer na escuridão da rua. Nunca mais vi ele. E sempre que coisas ruins me acontecem, quando me sacaneiam, como agora, por exemplo, que este filho-da-puta me trouxe pra um motel e quer porque quer que eu dê pra ele e pros dois amigos de uma vez só, pinto na boca, pinto na buceta, pinto no cu, pensam que sou, meu deus, o quê?, se eu não fizer o que eles mandam vão me encher de porrada, já estão doidos, cheiraram cocaína e beberam uísque, o sacana me deu um tapa na cara, cortou meu lábio, agora não vai ter mais jeito, vão me currar, e sempre que acontece uma coisa ruim assim eu lembro daquele dia, o Shopping Iguatemi, o bufê em Moema, aquele restaurante na rua Oscar Freire, onde provavelmente esses putos nunca entraram, nunca entraram nem nunca vão entrar, nunca vão entrar...

59. Nocaute

O último jab de direita empurrou-o para as cordas. Zonzo, o implacável adversário, a borboleta da gravata do juiz, as camisas multicoloridas acotoveladas em torno do ringue, a plateia uivando de pé na arquibancada, tudo rodou, uma graxa escorrendo do nariz, a luva apensada nas mãos desengonçadas, tudo rodando, não havia ingerido nada desde o meio-dia, quando almoçou num barzinho da rua Sete de Abril, e o estômago e as pernas agora o lembravam, a cabeça oca, os braços náufragos,

sim,

não viera do Rio de Janeiro para ganhar a luta, o acerto, desafiar e perder, garantir o cinturão de campeão brasileiro de peso médio desfraldado no peitoral do adversário, embolsaria algum, qualquer algo, dois meses de compra de supermercado, desempregado, a família de-favor entocada na casa de um cunhado em Campo Grande, na hora agá o telefonema do seu Antenor, à janela do ônibus da Itapemirim estrelinhas alinhavadas no teto da caverna noturna, café-da-manhã — pão-na-chapa e pingado — na rodoviária do Tietê, almoço — bife rolê, arroz e purê de batatas — no centro, na líquida tarde azul zanzou, sem lugar, desguiando-se, trombadinhas, camelôs, policiais, engravatados, miseráveis, arrastando pelas ruas fedendo a mijo sua ansiedade, já mortificado pela saudade da patroa, das crianças

tonto, joelhos dobradiços,

a vista neblinada, músculos e ossos esparramados, finalmente!, o suor cola o rosto ao piso verde liso-áspero, fome, queria que aquilo findasse logo, o ginásio esvaziado, os refletores desligados, tomar um banho, comer alguma coisa, ressonar na poltrona reclinável na volta ao Rio, os filhos, como foi, pai?, ele, sem graça, foi desta vez ainda não, tenho que treinar mais um pouquinho, e encheria um carrinho de compras, bobagens pros meninos, iogurte, chicletes, bombons, bobeasse até presentearia a esposa com um litro de Martini, ela gosta tanto, nunca toma, e pro cunhado um Natu Nobilis, uma caixa de cerveja em lata, ele merece. Depois, à cata de emprego,

aí

o braço do adversário levantado às quatro faces do estádio, abraçaram-se, desceu rapidamente, seu Antenor falou, toma lá uma ducha, vou pegar o dinheiro, e ele então perguntou pro rapaz que guardava a porta do vestiário, companheiro, onde que eu acho um pê-efe a essa hora?

60. Ciúmes

Um dos grandes problemas que afligem a vida do casal é o ciúme. Para eliminar totalmente esse mal, que provoca brigas inúteis comprometendo a união, deve-se fazer o seguinte: numa quinta-feira, compre um vidro de perfume de sua preferência. Benza-o contra o ciúme, fazendo uma cruz por cima da tampa. Dê o frasco de presente para a pessoa ciumenta, dizendo que gosta do aroma e por isso quer que ela o use. À medida em que o líquido for acabando, vai indo embora também o ciúme.

61. Noite

Em minha direção, a menina, aposto nem quinze anos ainda. O cabelo espichado henê, rabo-de-cavalo amansado, elástico vermelho. Vestidinho branco, asseadíssimo, pequenas flores alto-relevo bordadas, altura do peito. Os pés, sandália de plástico transparente, oferecem dropes misto a um e outro, lindo sorriso alvo. Já almoçou?, pergunto. Ela esconde os olhos negros, voejam os dentes, o corpinho arqueja. Não, responde. Acendo um cigarro, engulo o café, empurro a xícara. Quanto?, pergunto. Ela diz, vivaz. Vem, vamos comer qualquer coisa, digo, virando as costas. Entro na banca de jornais, namoro títulos estrangeiros, saio, frio da noite, carros deslizam o asfalto da avenida

Paulista, lado a lado, Como é seu nome?, Marina, E do senhor?, Humberto, entramos no Habib's, Gosta?, em silêncio sentamo-nos, Coma, digo, O que quiser. Ela devora quibes (dois), esfirras (duas), beirute (um), pizza (dois pedaços). Entreolho-a por sobre as páginas do Estado de S. Paulo: ela come, estupidamente, metafisicamente. Pago a conta, na porta despeço-me, ela indaga, E o dropes? Não quer?, Não, falo, acendendo outro cigarro, Vai embora pra sua casa, vai, ela esconde novamente os olhos negros, despedimo-nos. Ela caminha criança pela calçada de pedras-portuguesas. Ao cruzar o primeiro pedestre intercepta-o, o homem tem pressa, espanta-a, assustado. Aborda agora um casal, a moça puxa conversa, ajoelha-se, esmago a ponta do cigarro no chão, aspiro o ar da noite, caminho sob a marquise, mendigos bêbados acobertam-se em caixas de papelão, cachorros magros arrombam sacos de lixo, motoristas de táxi jogam porrinha num ponto improvisado, uma mulher oferece incenso indiano, o bebê dormitando sob a banca, carros passam, o metrô fechado, ônibus vazios, um carro da polícia sirene disparada, cadê Marina?, não vai passar nunca esse mal-estar, nunca essa sensação de inutilidade, Marina!, Marina!, e sigo sussurrando respirando o hálito sufocante da gasolina.

62. Da última vez

Eu nem lembro mais por que nos desentendemos na última vez, mas eu peguei minhas coisas

(eu tinha uma bolsa de couro preparada, camisas, calças, cuecas, meias, escova de dente, pasta de dente, fio dental, toalha, sabonete, desodorante, aparelho descartável de barbear, espuma, enfim, tudo o que um homem precisa para morar sozinho por uns tempos... ou pela vida inteira...)

e enfiei-me num táxi. Quando avistei o primeiro hotel mais ou menos decente — e mais ou menos barato —

(não, não é verdade, eu já havia visitado aquele hotel em outras ocasiões, sempre achei que um dia iria precisar de um lugar para passar nem que fosse um fim de semana longe de tudo)

instalei-me num quarto, você se lembra?,

sexta-feira à noite, hotel Amazonas, avenida Vieira de Carvalho, lá embaixo, barulho

um restaurante italiano,
outro, comida rápida árabe,
carros,
ônibus,
lá embaixo,
nas ruas transversais,
eu sabia das prostitutas,
          dos meninos fumando crack,
          dos assaltantezinhos pé-de-chinelo,
eu sabia da noite,
                    e deitei, mas não era alívio que sentia,
nem remorso, era não sei o quê, saudade, talvez,
ia sentir falta das crianças, pijamas amontoados correndo, suados, na sala minúscula do apartamento ridiculamente pequeno em que morávamos e que você vivia implicando,
dizendo que tínhamos de sair dali,
          tínhamos de sair dali,
                    sair dali,
e eu, concordando com você, me matava de trabalhar lá na firma, mas sempre no vermelho no banco, financiando cheque especial, cartão de crédito
as crianças presas no apartamento ridiculamente pequeno em que morávamos nos fins de semana o sol explodindo na tela da televisão ligada,
e nós culpando
     a vida estressante que se leva em São Paulo
     a nossa incompetência para viver num regime de concorrência
     as crianças
     a herança genética dos nossos pais
     eu
     você
e nossas brigas fenomenais:
     a festa de aniversário de um ano da Sandra
     o rodízio na churrascaria Boi na Lenha
     a festa de formatura do pré-primário da Fabíola
     o fim de semana prolongado em São Pedro
     o filme do Woody Allen que você não queria ver

o filme com o Harrison Ford que eu não queria ver
as suas amigas
os meus amigos
(descobri, afinal, um paradoxo:
a intimidade melhora a relação
a intimidade piora a relação)

eu não seria feliz (ou tão feliz) sem a recordação de
seu corpo nu
seus seios
suas coxas
sua bunda
eu não seria infeliz (ou tão infeliz)
a intimidade é a morte da relação
(viu como tenho dificuldade em falar... casamento?)
a intimidade é a morte da relação:
eu não peidaria na frente de outra mulher
eu não confessaria meu chulé
minhas frieiras
meu mau hálito
meu mau humor
minhas taras
a uma mulher por quem estivesse apaixonado

E pensar que isso já foi há dez anos! Dez anos!

63. Nosso encontro

Paulo Sérgio Módena, seu criado. Paulistano do Brás, 38 anos (o pessoal dá bem menos, não sei se por cinismo ou sacanagem, embora os exames de sangue já chamem a atenção para o nível do colesterol, do triglicérides), nem rico, nem pobre — remediado — e posso, se quiser, ou se for importante, entregar minha declaração de renda (imposto retido na fonte) e deixar que quebrem meu sigilo bancário, fiscal e telefônico, nada a temer, ainda mais depois de nove chopes. O carro é sempre em média três anos atrasado. Apartamentinho em Perdizes (para compra; para venda é Pompeia), ainda pagando empréstimo na Caixa Econômica Federal, o saldo final viçoso, infindo. Solteiríssimo, ou seja, no momento, já que, casado, amargo filho adolescente, portanto problemático, destes que andam de preto, piercing no rabo, rock pauleira, tênis imundo, adrenalina, videogame, gíria, kung fu, revolta, essas babaquices todas. Pensão, pago direitinho, responsável pela mensalidade do colégio mais mesada, tal maneira que, querendo, não poderia casar de novo: não sobra um puto. Por isso, às mulheres ofereço apenas bom papo e uma trepada honesta: relação custo-benefício oquei. A ex não atrapalha, não ajuda: na dela. Casada de novo, sujeito bacana, engenheiro-mecânico, atende ao telefone educado, embora, cismado, bobagem, eu e a mãe do Guilherme hoje nos detestamos civilizadamente.

Mas, não são meus calos a expor e sim os dos amigos desta mesa, talheres, celulares, vozes, ônibus, carros, "música-mecânica", luzes, fumaça de cigarro, cheiro de gordura, de chope, suor. Quatro anos vimos aqui. Antes, endereços vários, e poderia discorrer sociologicamente sobre cada um deles — as idas e vindas da classe média brasileira nos últimos quinze anos — mas poupo o leitor dessa punheta. Nesse período fomos esnobes — ah, a praça Villaboim!; populistas — ah, a perna de carneiro do Kinzle!, um restaurante perto do Palmeiras; excêntricos — ah, a salada de repolho do Bar das Putas! Agora, vivemos um, digamos assim, precário equilíbrio: a maturidade. Idade já não há para virar a noite inéditos cantores e compositores no Café Paris; dinheiro já não há para pagar a fatura do cartão de crédito pós um mês no All of the Jazz. Então, chope e tira-gosto do Galinheiro Grill: sinal dos tempos.

Mas, não é sobre isso ainda. Se perguntarem por que nossa reunião anual cai em maio, responder quem há-de? Entretanto, a dedo escolhido o mês, dezesseis anos atrás. E fiquei encarregado de contatar o grupo, um bando que num determinado momento (final da ditadura) militava na política estudantil, gente de vária procedência, intelectual e social, que, por motivos quaisquer, se mobilizou em torno da anistia aos presos políticos e se reciclou na campanha das Diretas-já.

O grupo inicial — que se reencontrou no megacomício do vale do Anhangabaú —: eu, Paula Meirelles, Chico Almeida, Ana Beatriz e Rodolfo. No ano seguinte, nos reunimos, mais de duas dezenas, entre amigos da época da universidade, mulheres, maridos e agregados (conhecidos, namorados, namoradas, filhos, bicões). Dois anos mais e reduzíamo-nos ao princípio, menos Chico Almeida, cujo carro enterrou-se sob um caminhão, na rodovia Régis Bittencourt, a caminho do festival de teatro de Curitiba. Aí, a Paula insistiu. No quarto encontro, o "pacto de sangue". Hoje, não tememos mais a ausência de ninguém. Ano após ano, o tempo mastiga casamentos, falsas amizades, filhos incompreensivos. Sobram-nos as velhas referências, a sólida terra firme do companheirismo antigo, aqueles que nos viram pelados, que um dia desconstruíram nossa história, que sabem da nossa dor, da nossa solidão, do nosso desespero. Quem está na mesa agora é a fina flor do "nosso tempo", os mosqueteiros del rey e, já que estou ficando bêbado, passo a apresentá-los, com amor e sordidez, como diria o velho e bom J. D. Salinger.

PAULA MEIRELLES – À minha direita, advogada relativamente bem-sucedida, quarenta e três anos, embora meio acabada. Tivemos um affair no começo dos tempos. Nos reencontramos nas Diretas-já, ela casada, eu também, o marido dono de uma banca de advocacia importante, não lembro quem agora, um cara superfamoso, sobrenome turco, ela apaixonadíssima... até ser trocada por uma aluna dele... Foi o único ano em que não apareceu, 1995. No encontro de 1996, como tivesse rompido uma represa, ressurgiu envelhecida, gorduras acumuladas, quadris, pés-de-galinha ciscando em redor dos olhos castanhos, cigarro e cerveja. Havia ficado quase sem nada, porque, casada, deixara de lado a carreira para se dedicar aos filhos. Quando o marido, sub-repticiamente, entrou com um processo de separação judicial, enxergou a encruzilhada. Salvou-a a fidelidade dos meninos, ambos bastante ajuizados. Ano passado, o mais velho deu as caras, rosto mênstruo de espinhas, arrumado, educado, parecia o guarda-costas da mãe, timidamente cumprimentou todo mundo, desapareceu. Na hora de sair, ligou para ele, do celular, e vinte minutos bastaram para um carro buzinar na rua. Invejei-a. Meu filho é um ser pré-histórico que me odeia e à mãe dele. Tem como maior qualidade o alto astral. Me casaria com ela, talvez, no passado, agora não. A gente se curte, é a pessoa mais interessante da turma. Uma das poucas mulheres bem-humoradas que conheço.

ANA BEATRIZ – Jornalista. Em tudo, inconstante. Neurótica, rói as unhas, mesmo quando relaxada. Sente-se feia, embora não o seja. Idade indefinida (para os outros, porque eu já vi na carteira de identidade, uma vez fui levá-la em casa, bêbada, arrastei-a até à porta do apartamento, na Aclimação, abri a bolsa dela, explodiram chaves, uns três molhos diferentes, pó-compacto, batom, lápis, rouge, grampo de cabelo, caneta, bilhete vencido de loteria federal, uma caixa de camisinha, carteira de dinheiro, carteira de documentos, carteira da Unimed, um Lollo, uma medalhinha de um santo que não consegui identificar — nunca fui bom em identificar santos —, balas, uma caderneta de endereços e vi, trinta e sete anos tem, mas mente a idade. Ela poderia, por exemplo, passar por uns trinta, quando chega à reunião — ou por quarenta e cinco, quando vai embora, fedendo a cigarro e álcool, cabelos desgrenhados, olhos borrados de rímel e delineador, esbugalhados, aquele riso esquisito (o Rodolfo diagnosticou: histeria). Considera-se uma infeliz, nunca casou, embora tenha uma filha, "produção independente", que nunca morou com ela, criada pelos pais em Jundiaí, tenho pena. Às vezes, sinto vontade de comê-la, mas aí penso na trabalheira, ela ia querer algo mais sério, agarra-se a qualquer coisa para não ficar sozinha, quando a madrugada vem chegando, se desespera, emborca chopes e mais chopes, e bêbada canta quem estiver ao seu lado na mesa, hoje é o Márcio, ela já começou a abraçar ele, o idiota baba.

RODOLFO – Psicanalista (freudiano, é bom que se diga), formado em psicologia na PUC. É um ser angustiado, fumante inveterado, leitor voraz, culto, sofisticado, exímio conhecedor de vinhos (o com sotaque português é sua especialidade), diversos artigos publicados em revistas especializadas e em livros, seu forte são os problemas da adolescência. Casado três vezes, não teve sorte. Conheci duas das três mulheres, a primeira não. Com a Mariana, a do meio, teve uma filha, que segundo me disse, é problemática, moram nos Estados Unidos, vive no pé dele, já pediu várias revisões de pensão alimentícia, levou-o mais de uma vez à Justiça, ele não pode nem ouvir falar no nome dela. (Uma vez, percorrendo as estantes da Fnac à procura de certo livro, embaraçou-se nos braços de uma loira que buscava o mesmo título. Riram, pegaram cada um um exemplar, pagaram, desceram até o cybercafé e quando sentaram-se disse, Rodolfo, psicanalista, ela, Mariana, psicanalista, ele engasgou com o pão-de-queijo, tossiu, derrubou café com leite na calça. Depois, analisando a cena, rasgou o cartão que ela gentilmente lhe deu). A terceira mulher, que parece ser a atual, não sei, é mestranda em educação na USP, nariz empinado, cabelos pretos escorridos de quem não gosta de tomar banho, o olhar enfezado que certa juventude tem, como que à captura de culpados por um crime que não sabe bem ainda o que é. O Rodolfo trava uma luta inglória contra a caspa.

PIERRE – Assíduo há anos, é um médico fracassado, destes que trabalham no serviço público, corre de um posto de atendimento para outro, casado com a Linda, que de linda, coitada, só o nome. Conhecemos ele ainda estudante, presidente do centro acadêmico de medicina. Tímido, reservado, nunca entendi como se meteu em política, que, aliás, para ele é vital. Continua ardoroso comunista, do bê, fã do João Amazonas. É dos raros que não se acomodou. Radical, nem senta perto do Márcio. Chegou mesmo a recusar um disco de música albanesa (que o Márcio disse ter comprado em Tirana, mas é mentira, depois confessou que falou aquilo só para se vingar, mas o tiro saiu pela culatra, o Pierre ficou com inveja, sentiu-se humilhado, cortou relações com ele). Está sempre sem dinheiro e na hora de pagar a conta vai ao banheiro, na esperança de que quando voltar alguém tenha acertado a sua parte. Tem três filhos, todos a cara de fuinha da mãe, estão montando um aparelho do PCdoB em casa. A Linda é mais pé no chão. Como todas as mulheres, preocupa-se com o que vai dar de comer para os filhos amanhã, enquanto o Pierre anda para cima e para baixo com sua eterna pasta-de-cartolina debaixo do braço, recheada de recortes de jornal mostrando a bandalheira da Prefeitura, do Estado, da União. E depois que passa da medida alcoólica — e ele é frouxo, ali pelo quarto chope já está assim — torna-se chato, faz discursos, se enrosca feito tatu-bola e, no seu bunker de silêncio, fuzila-nos a todos. Um a um.

MÁRCIO – Não sei o sobrenome dele. Não pertence ao grupo inicial. É agregado. Quem o trouxe foi a Angélica (belos peitos!), do grupo do Chico Almeida. Um dia, apareceu com o Márcio a tiracolo. No ano seguinte só ele voltou. A Ana Beatriz diz que ela se casou superbem, não quer mais perder tempo com conversa-fiada. O Márcio é um sujeito metido a besta. Profissão indefinida. Desde que veio pela primeira vez já vi ele dizer que faz várias coisas diferentes. O Rodolfo acha que ele é rufião. A Paula diz que ele se vira com carros usados. Eu não sei. É um suspeito. Em outras épocas seguramente diria tratar-se de um policial federal infiltrado. Está sempre de bom humor, conta piadas sujas e de salão (sabe contá-las muito bem, o babaca, principalmente as piadas de português e de papagaio) e elas se tornam mais sujas à medida que mais bêbado fica. Tem dinheiro. Foi à Europa várias vezes (ele disse) e canta todas as mulheres ao seu alcance. Já saiu com a Ana Beatriz (com certeza) e já tentou sair com a Paula de todos os jeitos, mas ela é puta-velha, conhece o tipo. Sempre traz um mimo para um e outro ("Estive em Paris, trouxe um vinhozinho..."). Até para mim já trouxe uma lembrança (um ladrilho branco e azul protegido por um fundo de cortiça, uma cena de Lisboa, ora faça-me o favor!). Eu só queria saber qual a profissão dele. Fala sobre o golpe, coisa e tal, mas onde ele estava na época da ditadura? É um reacionário. Deve ser eleitor da direita. Estou ficando velho... Antes, um crápula desses seria tratado com ironia e sarcasmo... Hoje o aceitamos... como ele é...

MARÍLIA – É minha contemporânea na Faculdade de Letras. Estudou com dificuldades. O pai, torneiro-mecânico, a mãe lavadeira. Família enorme, sete irmãos, todos empaçocados numa casinha no Jardim São Norberto, em São Bernardo do Campo. Ela estudava com o que ganhava dando aulas em vários colégios particulares, não tinha dinheiro nem para comprar os livros, que pegava na biblioteca na USP ou na Mário de Andrade. Casou-se com um sujeito bronco, fresador, boa-pinta que ela julgava poder "salvar" da ignorância. Mas as diferenças intelectuais falaram mais alto. Ela queria ser independente, ele, uma mulher que cuidasse dos filhos, da casa. Os desentendimentos passaram do bate-boca à agressão física. Ela levou-o à delegacia da mulher, mas tinha pena. Ele começou a beber, e ela percebeu que o estava arruinando, que a única coisa decente a fazer era sair do casamento, o que aconteceu três anos depois, carregando uma filha, uma mão na frente, outra atrás, tudo por construir. A duras penas, estudou francês, entrou para o mestrado e em seguida pleiteou e ganhou uma bolsa para o doutorado em teoria da literatura na Universidade de Paris III. Voltou, se reergueu, está feliz, agora. Publicou há uns três anos uma coletânea de contos, fomos ao lançamento na Livraria Cultura, o livro é fraco, mas ela está dando aulas em várias faculdades, ganha bem, a filha encaminhada. É uma amiga leal, fiel e conciliadora, risonha, mas que no porão guarda um marido que acabou louco de bêbado pelos bares mais sujos da periferia de São Bernardo.

Nesses quinze anos, tivemos três baixas (além da morte do Chico Almeida, a caminho de Curitiba):

OSVALDÃO – Voltou definitivamente para Belo Horizonte, levando a mulher e dois filhos. Não aguentou a barra de São Paulo, vendeu tudo. De vez em quando liga, reclamando da vida. Parece que um dos filhos tem problemas com drogas.

SILVEIRA – Suicidou-se faz três anos. Estava falido. Todos os negócios que bolou deram errado: restaurante, editora, videolocadora, loja de produtos esotéricos. Era solteiro e tinha problemas com sua sexualidade.

LINCOLN – Morreu assassinado num assalto ao seu sobrado, na Vila Romana.

64. Engradados

"Tem esses engradados de madeira aí, que o pessoal empilha pra embarcar de manhã cedinho. Eu estava quietinho no meu canto, ouvindo o radinho-de-pilha, de madrugada é gostoso, fico ouvindo música caipira, faz lembrar minha terra, galinha ciscando no terreiro, galo rasgando o chão com as unhas compridas, gado berrando, quando ouvi um barulhão, parecia uma caixa-de-força explodindo, bum!, estava escuro, bem escuro, não vi nada, só ouvi o barulhão, e aí fiz o que mandaram eu fazer quando acontecesse alguma coisa errada, quando visse alguma coisa estranha..."

"A gente vinha vindo lá dos lados de Perus, da casa de um mano nosso, aí a gente veio andando, porque já num tinha mais busão, a gente veio andando e papeando, tá ligado?, aí a gente viu aquela montoeira de caixote empilhado, desacreditamos, aí o Esqueleto falou, vamos derrubar?, aí o Ziquinha falou, vamos nada, vai dar merda, mas aí o Esqueleto mais o Ratinho já estavam correndo na direção dos caixotes, o Esqueleto deu uma voadora na pilha, balançou ela, mas não derrubou, aí o Ratinho pegou e empurrou com força, um puta barulhão, bum!, na hora foi engraçado, aí não vi mais nada não, só o Ratinho caído, o Ziquinha caído, achei que era zoação deles, mas saí correndo atrás do Esqueleto, pelo barulhão que fez achei mesmo que ia ser a maior sujeira, aí depois fiquei sabendo que o Ratinho tinha dançado, a bosta da bala foi pegar bem no olho dele, e que o Ziquinha tava aqui no hospital, na UTI, mal pra burro, aí vim ver ele, mas sei de mais nada não senhor, sei não..."

65. Na ponta do dedo (3)

ARETHA GATÍSSIMA – Deliciosa, topo tudo, com acessórios, sexo total.
ARLETE LOIRA – Fogosa, seios fartos, rainha no anal e espanhola. Atende lésbicas, homens, mulheres.
ASTRID GAÚCHA – Loira escultural, manhosa, safada, completa. Ele/ela/casal.
BABALU 19 ANOS – Loira, olhos verdes, liberada, completa, anal, oral, vaginal, sessenta e nove, ativa, passiva.
BAIANINHA – Fogosa, todas as posições, anal, totalmente seguro.
BELLA TRAVESTI – Ativa, passiva, local higiênico, discreto, com interfone.
BIA MINEIRA + AMIGA – Ardentes, furacões em todas as posições.
COWBOY E BOB – 23 anos, nível superior, 1,75 m/1,83 m, altos, ruivo/moreno, só elas.
CÉSAR – Para mulheres e casais. Venha realizar suas fantasias. Sigilo e discrição.
COROA BOAZUDA – Negra, bonita, atendo em minha residência.
COROA CASADA 38 ANOS – Loira, seios fartos, faço oral total e anal, brincadeiras com acessórios.
COROA DISCRETA – Liberada, insaciável, realiza suas fantasias com acessórios, roupas, massagem erótica, lésbicas, homens, mulheres.
DANY – Ele? Ela? Venha experimentar os prazeres e mistérios do sexo total. Atende a domicílio.

66. Rua

Está de novo lá, na esquina da rua Bela Cintra com a alameda Jaú, na calçada, de pé, olhos fixos em duas pequenas janelas fracamente iluminadas, debruçadas, um bloco cego acima do último andar do prédio antigo, art nouveau, socadas entre a caixa-d'água e o terraço. A noite descansa nas copas das árvores, um frio úmido se insinua por sobre o asfalto irregular.

Está de novo lá, a mesma barba nojenta, fios brancos e negros entrelaçados, côdeas de pão e caroços de arroz, a camisa de malha esburacada, cor indefinida, calça jeans amarrada ao cinto com um pedaço de corda, sapatos desbeiçados, uma sacola de papel de butique agarrada à mão esquerda, unhas negras.

Não gosta de recordações. Anda pelas ruas como em um labirinto. Em todas surpreende-se, é surpreendido. Que adiantam lembranças? Tempos... Espaços... Nada... A memória não reconstrói o passado... reaviva dores apenas... O que fizemos... O que não... A desgraça é que a cabeça... Devagar, arrasta as pernas de varizes ladeira acima... devagar... bem devagar... o porteiro do edifício desconfiado... o rapaz da padaria, ferro de baixar as portas-de-aço nas mãos, observa-o... enxotou um viralata que teimava em cheirar o chão, o chute acertou as costelas magras... E, se, azar, um morador antigo do prédio... a gente nunca sabe... a vergonha...

O bebê pulou para o colo da vovó, desapareceu em Itapecerica da Serra. Lindo, risonho, rosado, enorme. Um Vicentini!, a sogra, incontida, berrava nos corredores da maternidade, Um Vicentini! Vieram do norte do Paraná, pequenos sitiantes arruinados pelas geadas, para ser boias-frias na região de Avaré. Cansado, o sogro tentou a Capital e arrumou colocação de zelador no prédio que avistava agora. Econômico, juntou dinheiro e adquiriu a casa onde deve residir até hoje em Itapecerica da Serra. Aposentou-se, poderia estar até hoje morando ali, abriu mão, entretanto, para alojar o genro, casamento marcado e um emprego magro numa fábrica de tinta, pelo menos um teto teriam, uma localização excelente, bem no meio de São Paulo, mão na roda, e salário decente, poupando poderiam comprar uma casinha para se ajeitar quando fossem mais velhos, sem dependência dos filhos. O síndico aceitou a indicação, embora lamentasse, e com o dinheiro do fundo-de-garantia o genro comprou móveis, enxoval, deu a festa, aprovada pela parentada.

Desde que pisara nos paralelepípedos da portaria, não largara mais o ofício, ao prédio dedicando-se todas as estações do dia, no afã de eclipsar a justa fama do sogro. Habilidades não lhe faltavam e ausentavam-se ao sogro conhecimentos outros que aqueles aprendidos puxando enxada na lavoura, coisas que não tivera tempo nem cabeça para aprender, como ler e escrever, que o genro dominava até para subir no púlpito aos domingos na Casa da Bênção, que frequentavam todos, e que o sogro mobralescamente soletrava e rabiscava, resquícios de noturnas tentativas de domação da mão xucra, requisito para o título de eleitor.

Nem isso, entretanto, havia molestado a criação dos três filhos, todos crentes também na graça de Deus, um deles inclusive pastor no ministério, agora mourejando em Moçambique; a mais velha, casada com um irmão da igreja, moradora em Itapevi; a caçula, crescida ali, de todos querida, alguns viraram gente ao mesmo tempo que ela, as manhãs debruçadas à janela, a cabeça louríssima empurrando a tela-de-proteção, lá embaixo, no playground, as crianças subindo e descendo no trepa-trepa, embalando-se nos balanços, indo e vindo nas gangorras, suando na quadra, o vôlei, o basquete, o futebol-de-salão, a queimada, velotróis, bicicletas, piques. Não se misturava às meninas no elevador, roupas bacanas, de vez em quando sobravam algumas mudas, tentava enfiar-se dentro delas, porém, grande demais, gorda, vermelha, sardenta, uma camponesa italiana. Na adolescência, descobriu os meninos, mas eles estavam interessados em outrens de sua origem. As noites debruçadas à janela, a cabeça louríssima espanando o vento gelado, lá embaixo, no playground, meninos e meninas grilos vermelhos acesos na escuridão nos cantos escuros da quadra agarrados aos silêncios nas reentrâncias do hall.

Quando conheceu o futuro marido, num culto dominical na Casa da Bênção, não escondia qualquer ilusão, uma moça velha de felicidades lasseada. E assim foi, a festa de casamento, a desmudança — estranhou: o mesmo espaço de sempre não era o mesmo espaço de sempre, mas pouco ocupou disso suas horas, o engravidamento, para honra e glória do Senhor, atropelou-a e o vômito e as tonteiras e as pernas inchadas e a rabugice e a tristeza e a alegria varreram suas preocupações. Dificuldade era subir os dois vãos da escada, sete degraus cada, do elevador do último andar até o apartamento, a barriga enorme e a falta de fôlego, a fogueira amarrada às costas, enfeixada nas pernas.

Noites havia, o demônio, que o marido aferrado a qualquer desacerto na portaria, vagava o pensamento, no nulo que representava, vestida de silêncio, onde as meninas e meninos do prédio?, importantes moças e rapazes, mascava suas dúvidas, o demônio, nada, o que era?, nada, observando as luzes dos helicópteros voando ao largo, nada, o Daniel lindo, risonho, rosado, enorme, ressonando no bercinho, a chupeta descaída no canto da boca, o barulho do trânsito lá embaixo, o bafo de gasolina queimada, o Daniel, que será do Daniel?, por vezes pensava, o demônio, se por acaso a mão de Deus, se a mão de Deus por acaso, acaso se a mão de Deus.

Aí veio a explosão, sua cabeça caleidoscópio inutilizado, cacos multicoloridos espalhados pelo chão da sala, da cozinha, do banheiro, insuportável a dor, tem um rato, apontava para a nuca, um rato roendo os pensamentos, arranhando as ideias. O doutor Porto, do décimo quinto andar, entrou sonolento no quarto e achou melhor encaminhar a paciente ao setor de neurologia do Hospital das Clínicas, vai levando ela, enquanto isso eu ligo para um aluno meu que está de plantão lá hoje. Deixou-a na porta do pronto-socorro, acomodada numa cadeira-de-rodas, aos cuidados de um enfermeiro, a boca torta, os olhos injetados, saiu correndo do elevador e os berros do bebê escorriam pelos degraus da escada que levava ao apartamento. Avisou a sogra que ligou para o genro de Itapevi que buscou-a em Itapecerica da Serra e levou-a ao hospital onde já a encontraram morta, aneurisma cerebral, mas nenhuns com coragem de perguntar que merda de doença era aquela que tinha carregado a filha, a esposa, a mãe, nenhuns com coragem, gente sem iniciativa.

O apartamento vazio do choro do bebê, dos passos da mulher arrastando as pantufas de lá para cá, do radinho ligado na Rádio Globo, das conversas miúdas deles dois, a fé perdeu-a no meio desse silêncio. À noite, caminhou na fresca sombra das árvores, cupins voejando em meio à fumaça sufocante dos canos de descargas de carros, de ônibus, de caminhões da rua Augusta, parou num bar, o demônio, vazia a boca de palavras, pediu uma pinga, uma cerveja, um maço de cigarros, arrastou-se escada acima na madrugada, quebrando o jejum jacobino de sete anos, as paredes da Casa da Bênção derruídas.

E seu corpo gostou de dançar nas labaredas da cachaça, de encharcar-se na vulva úmida da cerveja, de desaparecer na neblina do cigarro.

O Diabo apoderou-se-lhe. Durante o dia distraía a tentação verificando a origem do vazamento que embolorava o teto do banheiro da suíte do décimo andar, retocando a churrasqueira, limpando a piscina, lavando o chão da garagem, ouvindo as reclamações da velhinha do décimo primeiro andar, as fofocas da senhora do oitavo andar. As luzes dos postes da rua acendiam a solidão, que, coleando por entre os móveis, chacoalhava o guizo para avisar o demônio da alma esfrangalhada que se esbatia sentada no sofá, olhos mudos na tela convulsiva da televisão, ligada sem volume, os lábios sequiosos beijando o gargalo da transparente garrafa de cachaça.

Mas, tudo tem fim e o fim chega tão mais rápido quanto mais rápido é o desejo de que se chegue ao fim.

Assustado, caiu do sofá, com as costas das mãos esfregou o sono, conferiu as horas, onze e meia, a cabeça dolorida, ah, o interfone, o barulho que ouvia, o Raimundo, na portaria, nervoso, balbuciava, O Fred, do nono, aquele fortão, quer porque quer subir com o tal Jerê, lembra?, o encrenqueiro, que o síndico proibiu, lembra?, de entrar no prédio, quê que eu faço? Cambaleante, apareceu na portaria, a cabeça dolorida, falou, Ô Fred, o rapaz não pode subir não, a gente tem ordem, o síndico. Voz engrolada, olhos esbugalhados, Fred, Quem é essa baianada pra não deixar eu entrar no prédio?, quero ver quem vai me impedir, nem você, nem aquele outro baiano lá, baiano e folgado, vem cá me impedir, vou entrar, abre essa porra aí, senão eu pulo e quebro os dois, abre, buceta!, estou mandando! Quê que eu faço?, abro? Abre não, quem é esse cabra pra achar que é só ficar gritando que os outros baixam as calças?, tenho medo não, moleque safado, não lhe tenho medo não. Ah é?, pois então os dois vão se foder e vai ser agora. Fred, lutador de jiu-jítsu, pulou o portão — Raimundo tentou impedi-lo, levou um coice, desabou no meio das roseiras do jardim —, caminhou em direção à guarita para destravar o portão — tentou interceptá-lo, um taco de sinuca nas mãos — com um golpe marcial jogou-o longe, apertou o botão. O grupo que se formou, amedrontado, assistiu passivamente à briga. Fred, saindo em direção à rua, gritou, Vou te foder, baiano filho-da-puta, vou te foder!

Ficou ali, caído, de bruços, o corpo dolorido, o rosto fuçando a grama almofadando seu rosto, sem vontade de nada. Na delegacia, registrou um B. O., o Raimundo não foi, medo de perder o emprego, o delegado avisou, Vai dar em nada, o rapaz é de família, tem dinheiro. E nenhuma testemunha a seu favor, nenhuma.

O síndico até que foi legal, disse que infelizmente não podia fazer nada, o senhor entende, acertou direitinho as suas contas, por fora deu um mês a mais de salário, depois me viro com os condôminos, disse, gracejando. Pegou uma sacola de papel de supermercado, enfiou uma muda de roupa dentro, saiu para a rua, e um dia se deu conta de que tinha bebido todo o dinheiro e que a camisa branca de tergal, no bolso cuidadosamente bordado em azul-marinho *Edifício Jardim das Palmeiras Wilson Zelador*, havia perdido em algum lugar não se lembrava aonde.

67. Insônia

merda, amanhã compromissos, freio do carro, óleo, do you wanna dance?, festinha, maria aparecida albino, loura, cara de sono, sol quente, chácara, monte de areia, pedra britada, gol, traves de chinelos, grupo escolar flávia dutra, rio pomba, vila teresa de baixo versus vila teresa de cima, maria rita, maria rita, anúncio no jornal, procura-se maria rita, bairro-jardim, favela, campo do brasil, poeira, lama, estão lááááá no campinho jogando bola, dinim preso, está fodido, virou bandido, matinê do cine edgard, me empresta a carteirinha de estudante?, chuva chove, ar encharcado, enchente, cobras, goiabas, mangas, tiros-de-sal, morreu no beira-rio, tiro no ouvido, uma menina, quinze anos, ouviu?, é tiro!, vamos lá!, deitada na poltrona da sala, o sangue escorrendo, pingando no tapete, os olhos me olhando, me pedindo, me, relógio na parede marcando quatro e meia, a parede precisa de uma mão de tinta, trinca, trocar a lâmpada da sala, carpete de madeira, o celular ligado?, a porta trancada?, o rio, o riacho, a cachoeira, um burro morto fede, ponte do sabiá, o ricardo sumiu com a virgínia além da estradinha de terra, merda, virgínia era bonita, nunca me deu bola, meu pai apareceu justo na hora em que o menino ia chupar meu pau, bicicletas, caco de vidro, meu pé rasgado, sangue, vista escura, pontos, braço erguido, quebrou mesmo, tombo, pique nas grimpas das mangueiras, vou cair, vou, margarina ou manteiga?, braço quebrado, futebol, bola cruzada, isaías cabeceia, escorrega no canto esquerdo, eu te amo, eu te amo, o marcílio está me sacaneando, vai me derrubar, vou perder o emprego, o que é?, o que é?, carla voz melíflua anda atrás de mim, negativo, negativo, pego o dinheiro no banco e compro uma casa pra minha mãe, ela vai ficar contente, e você?, e você?, ela está me esperando, na hora agá não consigo, e se usasse viagra?, prozac está é me derrubando mais ainda, mais ainda, pão-de-batata, pão-de-canela, pão-de-forma, pão-francês, pão-de-queijo, pão-pão, queijo-queijo, filipe nunca mais ligou, tenho sido bom pai?, heim?, você é um cara legal, super, hiper, mega, todo mundo já te gelou, não vão fazer nada por enquanto, quando você menos esperar, cortador de unhas, a marilza some com os cortadores de unha, sirenes, polícia?, bombeiros?, polícia, alguém passa gritando, corinthians, corinthians, coringão ê ê ê, fogos de artifício, vão te derrubar, a taxa de desemprego vem diminuindo, em brasília dezenove horas, o guarani, um tango, um samba, um bolero, rádio nacional, queria mandar dizer pro reinaldo que a mãe tá indo no dia 15 e que é pra ele esperar ela em, a vizinha do 43, gostosa, modelo?, atriz?, modelo-e-atriz?, seu luiz, seu luiz, o condomínio está atrasado, quatro meses já e, luzes desnudam a parede, a rede, olha a rede, essa rede é diretamente de fortaleza, o senhor pode, simpatia é quase amor, submarino, se você ficar comigo vou fazer nevar em são paulo, os três porquinhos, cartaz pendurado na parede da sala, um lobo mau eternamente dentro de uma panela na fornalha, os olhos esbugalhados, marcela alertou, estão tramando pra te derrubar, vão te foder, o apito do guarda-da-noite, os passarinhos nas árvores, o último ônibus se recolheu à garagem, silêncio, vozes no poço do elevador, risos, um carro para em frente ao prédio, alguém desce, despede-se, o portão bate, o carro dispara, o coreano é médico?, é coreano?, o síndico está reformando o apartamento dele, com o dinheiro do condomínio, dizem, dizem tantas coisas, o advogado do 13 sempre traz garotas de programa, a câmara no elevador, não pode mais passar a língua nos dentes da frente, nem coçar o saco, nem olhar com cobiça a mulher do vizinho, a garota do 73, dizem, trabalha no café-photo, reconheceu, baixou os olhos, sem graça, olhos verdes, muito cara, senão ia com ela, olhos verdes, loura de verdade, corpo lindo, festa no prédio vizinho, tecnopop, febre, põe a mão na minha testa, é, é febre, melhoral infantil, chá de laranjeira, coberta, a mão anela o cabelo, está muuuiiiito quente, encaixa as pernas nas costas do pai, compra guaraná, compra calango, compra rosca-seca, compra bala, a cabeça descansa no colo da minha irmã, o rosto sujo de lama, o rádio do carro, o cedê da jovem-guarda, que vergonha, ainda sinto falta de cigarro, quando ficar velho, volto a fumar, para, por favor, por mim, parei, um dia vamos nos encontrar em paris, quartier latin, adeus carlton, adeus branco e vermelho, faz falta a fumaça entrando nos pulmões, aquela sensação de prazer, o leve torpor, dá câncer, fede o corpo, os poros, a roupa, a boca, para, estão te sacaneando, vão te derrubar, vão te foder, meu tio vou acabar com a asma desse menino me jogou no água fria do rio pomba, saí roxo, tremendo, eu te amo, paris, estão te sacaneando, tecnopop, o apito guarda a noite, as

68. Cardápio

COQUETEL

Miniquiche de tomate seco e abobrinha
Damasco com queijo gruyère e nozes
Pastelzinho chinês
Cigarrete de patê de fígado
Folhado de palmito

ENTRADA

Salada de aspargo fresca com medalhão de lagostas e endívias
Batata rústica com azeite e ervas
Patê com massa folhada e molho de peras
Torta de shitake e alcaparras
Salmão defumado com panqueca
Ovas de salmão
Sopa francesa gelada de alho-poró
Salmão com molho de agrião e maracujá

PRATO PRINCIPAL

Risoto de endívia com presunto cruzeiro

SOBREMESA

Torta de marzipã e chocolate
Milfolhas de coco
Merengue de morango
Sorvete de creme e maracujá com cúpula de caramelo
Frutas frescas com calda e canela

{— Mulher... ô mulher...
— Ahn?
— Você ouviu?
— Ahn?
— Ouviu?
— O quê?
— Shshshiuuu...
— Ahn?
— Ouviu?

(*Pausa*)

— Parece... parece que tem alguém gemendo...
— É...
— Santo deus!
— Shshshiuuu... Fala baixo!
— Não vamos ajudar?
— Ficou doida?
— Mas... tá aqui... bem na porta...
— Fica quieta!
— Ai, meu Deus!

(*Pausa*)

— Deve ter sido facada... pelo jeito...
— E a gente não vai fazer nada?
— Fazer? Fazer o quê, mulher? Fica quieta... E se tem alguém lá fora?, de tocaia?

(*Pausa*)

— Parou...
— O quê?
— Parece que parou...
— O quê?
— A gemeção...

(*Pausa*)

— É... Parou mesmo... Vamos lá agora?
— Não!
— Por quê?
— Porque... porque ainda pode ter alguém lá... E aí... Melhor dormir... Vai... vira pro canto... vira pro canto e dorme... Amanhã... amanhã a gente vê... Amanhã a gente fica sabendo... Dorme.... vai....}

LUIZ RUFFATO nasceu em Cataguases, Minas Gerais, em 1961. Formado em comunicação pela Universidade Federal de Juiz de Fora, é autor, entre outros, da pentalogia *Inferno provisório*, do romance *Estive em Lisboa e lembrei de você*, *Flores artificiais* e *De mim já nem se lembra*, os três últimos pela Companhia das Letras. Vencedor dos prêmios APCA e Machado de Assis, *Eles eram muitos cavalos* foi considerado pelo jornal *O Globo* um dos dez melhores livros de ficção da década, e está publicado na França, Itália, Portugal, Alemanha, Colômbia e Argentina.

11ª edição [2013] 7 reimpressões

tipologia JANSON TEXT
diagramação ACOMTE
papel PÓLEN BOLD, SUZANO S.A.
impressão GRÁFICA PAYM

FSC
www.fsc.org
MISTO
Papel produzido a partir de fontes responsáveis
FSC® C133282

A marca FSC® é a garantia de que a madeira utilizada na fabricação do papel deste livro provém de florestas que foram gerenciadas de maneira ambientalmente correta, socialmente justa e economicamente viável, além de outras fontes de origem controlada.